The Mystery of the Colour Thief

艾娃・約瑟夫科維奇 Ewa Jozefkowicz／著
蘇菲・吉爾摩 Sophie Gilmore／圖　柯倩華／譯

神祕色彩小偷

獻給瑪格達和茱莉亞

導讀

羽毛的力量

兒童文學評論家　柯倩華

英國童書作家艾娃·約瑟夫科維奇在父親經營的書店裡度過了童年愉快的時光，長大後在大學主修英國文學，一直是熱愛書的讀者，沒有成為作家的想望，直到她開始關注青少年「心理健康」的議題。

她的職場工作是提供教學輔助資源給教師，她發現教師們經常需要幫助因親人生病或死亡而陷入悲傷憂鬱的學生，但每個小孩的情況不盡相同，而一般教師教學工作繁重，就時間精力和心理專業裝備而言都不可能滿足小孩的需要。她回想起自己的經驗，親愛的父親在她中學時驟逝，當時雖有好友和老師熱心幫助，她仍經歷了難以言喻的痛苦悲傷，無法訴說自己的感受又不知如何尋求幫助，於是開始逃避問題和掩飾自己真正的感受，刻意使自己非常忙碌並假裝若無其事，但漸漸變得沉默，自我封閉很長一段時間。雖然她像大家一樣讀書、長大，但沒有處理好的傷口仍有出其不意的影響。她希望提醒大家更重視青少年「心理健康」的問題，也鼓勵掙扎中的青少年尋求適當的幫助，因此創作了她的第一本青少年小說《神祕色彩小偷》。她相信說出青少年心聲的書，可以幫助他們藉由閱讀更認識自己和所處的環境，得到自信與力量。

故事主角是十二歲的女孩伊莎，她的母親在醫院昏迷中，父親受到打擊而無法正常工作和生活（意味成人也需要幫助），使她面臨家庭失能（如沒有正常的三餐食物）和親子關係的難題（她和爸爸彷彿活在兩個平行時空）。她最好的朋友露露不知為何與她惡意斷交，而有些同學不知如何面對她的悲傷而有無心但殘酷的反應，使她面臨人際關係的障礙。她做惡夢出現黑影人的同時，房間牆上的色彩神祕的消失了，令她驚駭不已。而不可告人的罪疚感日益侵蝕著她，使她否定自己並難以信任他人。即使她每天努力像大家一樣坐在教室裡上課，這些顯然更重要而切身的問題卻占據了她全部的心思。「我必須告訴某個人」，她渴望被理解，希望有同伴連結，也企圖訴說真相，但也一再拒絕別人的好意和關心，以維護自尊與安全。讀者細讀這些矛盾，以及她如何選擇信任的對象，更能體會成長與人性的真實。作者鋪排她一步、一步落入陰暗冰冷封閉的深淵，然後又一步、一步奮力回到光亮和溫暖的世界，合情合理又充滿驚奇的情節非常動人。

故事有動人的力量來自高明的文學寫作，作者在書末的謝辭是向長期抗戰般的創作過程致敬。她不僅修改而是重寫書稿很多次，在學習和練習中不斷尋求好意見，終於完成她的理想——不只是敘述連續事件，而是創造一個有觀點和情境的世界，讓角色立體鮮活的發出各自獨特的聲音，演出悲喜交織的人生。她大量運用比喻、象徵、對照和對比，穿插埋伏線索，使情節有層次的逐

漸開展視野（如五次夢境描述）。

一開始黑影人在迷霧裡，就此設定下謎題：第一次夢境以視覺、聽覺和嗅覺經驗表現對伊莎的影響。壁畫顏色的消失暗喻伊莎的現實生活逐漸落入憂傷的黑暗與蒼白，然而父親的「彩色」稱讚又暗示她的特質與潛能。校史具有過去與現在相連的意義，呼應壁畫裡的人生大事，即使是黑暗的一日也應該接納和正視。戲劇《馬克白》和畫家達利都有象徵意義。第二章提到伊莎前一天去醫院和第三章托比問她是否趕時間，乍見輕描淡寫後來才知是關鍵伏筆。作者也擅用衣服配件和場景描繪來塑造角色，例如：琳恩姑姑和校長，生動刻畫的同時也提醒讀者以貌取人的主觀成見可能造成誤會。

對青少年而言，認識和肯定自己的天賦才華很重要，認識和承認自己的盲點偏見也很重要；學習理解和尊重別人的感受很重要，學習超越別人的惡意與嘲諷也很重要。許多留白的寫法提供讀者思考空間，例如：伊莎為什麼因為爸爸在旁邊而不進病房？她為什麼不去擁抱哭泣的泰莎奶奶？畢竟我們閱讀別人的人生是為了能思考自己的答案。

書裡有與臺灣不同的文化差異，在此向讀者說明。英國的學制，中學是十一到十五歲就讀七到十一年級，有五個學級。十六歲到十八歲的兩個學年稱為第六學級，為讀大學做預備。在英國駕車是靠左行（臺灣是靠右行），因此駕駛座在車裡的右前方（臺灣是左前方）。不同的社會環境，對照出相同的人性需求。每個在困境裡的人都知道超越現實需要力量，但，力量從何而來？

伊莎為了媽媽奮力演出，見證愛的堅韌與光亮。陪伴她向光前進的是好友托比和小天鵝毛頭，前者雖有肢體障礙卻有強壯的手臂，後者雖然弱小卻有帶來幸運和盼望的翅膀，兩者互相印證——人與大自然都有新生的可能。以為自己力量薄弱或困於憂傷網裡的青少年讀者，能在本書裡體會到羽毛的力量而對自己的人生有色彩繽紛的期待，是作者深切的用意，也是譯者衷心的祝福。

第一章

那個男人憑空出現，在一團迷霧裡。起初他只是一道影子，像一片灰濛濛裡的一抹黑。然後，他愈來愈靠近，變得愈來愈大，愈來愈像一個實體。我的心咚咚的打鼓。他對著我大吼，毛骨悚然的叫聲在我的耳朵裡轟然作響。他伸出長長的手臂。他太接近了，我聞到他的氣味——混合著汗水和燃燒橡膠的氣味。他向前傾……

3 : 05 a.m.

發光的數字在黑暗中注視著我。街燈的光從我的百葉窗木片之間滲進來。四下寂靜無聲，那個男人消失了，一場惡夢；不過在我心底深處，我知道那不只是一場惡夢而已。

那天早上，我花了比平常更多的時間做出門前的準備，因為麥羅不肯從院子裡進來。牠瘋狂的跳來跳去，追著一隻牠新發現的小田鼠到處跑，我好不容易才終於把牠趕進屋子裡。然後，我等待著最要好的朋友露露，順便胡亂的吃了一些東西當做早餐。爸爸已經出門上班了，他留了一張字條在廚房的桌子上：

親愛的小傻莎，放學後見。祝妳有愉快的一天。爸X

露露通常會在八點四十五分準時到我家，我們就不會太過匆忙。可是現在已經快八點五十分了，她還沒有出現。或許，她今天跟我一樣延遲了準備時間，所以決定自己去學校了。我不能再等下去了。

我一出家門，拔腿就跑。我的雙腳交替踩踏在人行道上的節奏，跟我的心跳同步。格列佛街兩旁的房子快速移動、退後，早秋的空氣刺得我的耳朵發疼。一群又一群的路人擠在我經過的公車站旁，圍成一片炭灰色，而辦公室、銀行和來往的車輛匯集成移動的黑白河流。

我一直跑、一直跑，直到抵達校門口，我的手臂扶著欄杆，我的胸膛好像隨時要炸開了。上課鈴聲已經響過了，就連平常那些背著鬆垮垮的背包、捲起西裝外套袖子的第六學級學生也已經進入裡面了。我走進空無一人的穿堂。

露露在置物櫃旁邊見到我，用很不以為然的眼神看了我一眼，一個字也沒提她為什麼沒有先來我家。過去幾個星期，我已經漸漸習慣這種眼神了。自從我們上了八年級，她就擺出一副什麼都懂的樣子，包括服裝、髮型、音樂，甚至該跟誰交朋友。

「妳為什麼總是要拖到最後一分鐘啊？而且，妳看看妳，妳裙子上那個髒髒的是怎麼回事？」她搖搖頭。

我不理會她。她自己的裙子短的離譜，我都沒說什麼。她最近把裙子向上提高，露出瘦巴巴的膝蓋，還有筆直的長髮和眼皮上粗黑的煙燻眼妝，這是她的新造型。

「走啊，伊莎，快點啦！」

我還來不及問她為什麼沒有來找我一起上學，她已經轉身往教室的方向揚長而去，瞬間消失蹤影。我站在原地，想像她隨時會轉回來等我。可是，她沒有。

「伊莎，妳還在這裡做什麼？」麥肯基老師的聲音聽起來有點不耐煩。「在走廊上做白日夢嗎？已經九點五分了耶！動作快一點。」

我們一早就有兩節科魯納老師的數學課，他跟平常一樣，在教室前面來來回回踱步，臉上流露出神遊的表情。他看起來好像，在他的想像裡，置身於某一個比這裡更好的地方。我很喜歡他——他很和善也很有趣，雖然他並不是很擅長說明事情。

今天，他的數學教室裡特別的熱，喬納和戴夫在角落裡笑鬧著講悄悄話。我敢打賭這兩個人會為了惡作劇把暖氣打開，他們就是會在這種事情上找樂子。

有人掉了一本書在地上，把科魯納老師帶回了現實。他開始講x的數值，可是因為太熱了，而且我其實對代數沒有太大的興趣，我的手指變得無力，握不住的筆開始往下滑，我的眼皮愈來愈重。我用手掌撐住頭，用手指關節壓迫我的眼皮，希望這樣的壓力可以讓我保持清醒。儘管我盡了最大的努力，還是發現自己在打瞌睡——突然有人影逼近，一陣煙霧裡閃過一道黑影，然後，一種可怕的感覺從我的胃底往上爬。

「伊莎！唉……他會看到的。」露露刺我一下，驚醒了我。

「真不敢相信妳竟然睡著了。妳到底有什麼毛病？」

「我不知道……露露？」

「幹嘛？」

她揚起眉毛，看起來很不高興，可是我還是繼續說，我必須告訴某個人。

科魯納老師轉身寫黑板時，我小聲說：「我昨晚做了一個非常可怕的惡夢。永遠不想再做一次的惡夢。有一個人……一個黑影人。他全身黑，我看不清楚他的臉。他從一團煙霧裡冒出來並且對我大吼……嚇死我了。」

我預期她會很驚訝，可是她只是又翻了白眼，讓我注意到她眼皮上的睫毛膏，像兩片迷你羽毛扇。

「妳囉哩叭嗦些什麼啊，伊莎？」她小聲的回我，「妳真是個怪胎耶。妳變了好多，自從……」

她沒有說下去，至少還算有良心的短暫露出愧疚的表情，然後轉頭去做她的數學習題。

課堂結束，我正要走出教室時，科魯納老師輕輕拍了拍我的手臂。

「伊莎，」他說，「我只是想跟妳說，我很難過妳發生了那樣的事情。我也想讓妳知道，在接下來的這一年，我們會盡全力支持妳。我希望妳可以放心的來找我幫忙，不管是學校的功課或任何事情。當然妳也知道，我們有湯金森老師，是學校的諮商師。如果妳想約她……」

「我很好。」我硬生生打斷他，立刻覺得自己很不應該。我知道他是好意。

「謝謝你。」我努力恢復正常，然後拖著腳步離開教室。

可是我其實沒有覺得很好，尤其當我回到固定的班級教室去上最後一節課時，發現討厭鬼法蘭克坐在我隔壁，而那個位子通常是露露坐的。他深黑色的瀏海垂在額頭上遮住了眼睛，可是我看得出來他在閃躲我的目光。

「你在這裡做什麼？」我問他。

「她說要跟我換位子。我……我說我無所謂。」他結結巴巴的說，一邊瞄了露露一眼，而露露坐在前排的座位上，在潔米瑪的隔壁。法蘭克把他的瀏海往旁邊撥了一下，仍然逃避我的目光，他用很慢很慢的動作撿起

掉在地上的筆。

驚嚇的感覺宛如大浪般撲向我。露露也很刻意的不看我，可是我知道她曉得我已經發現她做的事。她和潔米瑪肩並肩低著頭，一起笑著看她的平板電腦。

我如坐針氈。這一定是個玩笑吧？一個惡劣的玩笑。我等著露露隨時過來笑我這麼容易上當，居然相信她會對我做這種事。可是，直到上課鈴聲響起，她毫無動靜。

我有想過去找我們的班導師麥肯基老師說說這件事，雖然他並不在乎我們坐在哪裡，只要我們安安靜靜做我們該做的事就好。每一次有人去煩他，他就會說他有「更重要的事要料理」，好像他是什麼名廚似的。

這學期開始時，我曾經非常非常希望吉柏登老師能再擔任我們的導師，可是她現在要教新的一班七年級生。我想像她穿著自己做的洋裝跟他們在一起，或許教他們用不同的聲音朗讀敘事詩《老水手之歌》。假如她在這裡，她會立刻注意到事情不對勁，然後她會在下課以後找我或露露去問話。她總是有辦法低調的處理事情，不會把問題鬧大。

現在，我們只有麥肯基老師和他的五行打油詩。不管我怎麼努力，都無法專心聽講。

這實在太悲哀了，因為我其實很喜歡五行打油詩，我最喜歡這種類型的詩。我曾經為爸爸寫了一首很棒的五行打油詩，關於一個男人住在水桶裡。他笑了出來。那是好幾個星期以來我第一次看他笑，讓我覺得自己好像中了頭獎。可是，今天有兩件事壓在我心頭上，使我完全無法思考其他事情。第一件事是惡夢裡的男人，第二件事是露露。我們從幼兒園起就是好朋友了。她不會放棄我的……她會嗎？

第二章

這天，我一放學就盡快離開學校。通常，露露會和我一起走，可是發生了那樣的事情，我極度渴望避開她。我走得很快，差點撞到幾個正往地鐵站走的七年級生。

「伊莎？」

該死。是露露的媽媽——雪莉。對了，星期一，她來載露露去游泳。

「嗨。」我說。

「妳好嗎，伊莎？」她問，臉上充滿關心的表情。我很驚訝的發現她看起來很不像露露——她整個人的線條很柔和，而露露卻很瘦，又有稜有角。我反而覺得，我比較像雪莉。她是那種讓你覺得即使是最壞的事情也會變好的媽媽。

「我……我很好，」我喃喃的說。「我在趕時間……我……」

可是她還是看著我，她看得愈久，愈讓我覺得她的目光可以穿透我。

「妳很久沒來我們家了，」她說，「我們很想念妳。妳知道，我們永遠歡迎妳喔。」

我當然是不受歡迎的。如果她知道……我的嘴張開又立刻閉起來，覺得自己像白痴。「謝謝。我只是最近比較忙。」

「我知道……我知道……親愛的，聽好，我相信很多人都跟妳說過這些話了，可是，如果妳有任何需要，真的，如果妳有任何需要，打電話給我。或者妳只要告訴露露，讓她轉達給我。說到露露……她人呢？」

「噢，她還在教室……」我拼命絞盡腦汁想找一個可信的藉口解釋為什麼我沒有等她。我感覺身體愈來愈熱，站在雪莉面前突然變成一件非常難以忍受的事情。我的眼角餘光瞄到了露露和潔米瑪，她們一起在聽露露的頭戴式耳機，一人一支聽筒。

「我得走了。」我對雪莉說，趁她還來不及回應前趕快跑走。

我在格列佛街轉角停下來，我知道我已經完全脫離她們的視線範圍，我靠在公園的牆邊，大力喘氣。我忍不住回頭看，勉強看見雪莉小跑步的跟在露露和潔米瑪後面，努力趕上她們。顯然露露什麼也沒有告訴她——雪莉毫無頭緒，跟今天早上的我一樣。不過，露露總不會是突然在一分鐘之內決定不跟我做朋友吧，她一定已經想很久了……我繼續往前走。

轉到了瑞文斯路上，我才清楚自己要去哪裡。我原本沒有計畫要走這條路的，我的腳不知怎麼的，就把我帶到了往巴士站的方向。11號巴士立刻來了，彷彿司機知道我要搭車。這算是徵兆嗎？

有幾個第六學級的學生跟我同時上車，幸運的是，我最喜歡的兩個座位之一還是空位，就是雙層巴士上層最前面的座位。我小的時候，媽媽總是帶我坐在這個座位上，因為視野很棒而且我可以假裝在開巴士。

「小心那棵樹，」她常常這麼說，我握著想像中的方向盤，而她會閉上眼睛假裝很害怕的樣子，假想有一棵枝葉茂盛的樹就在我們前方。「咻，妳帶我們通過了，好險啊。」我如果閉上眼睛，還可以清楚聽到她的聲音，真實感覺到我在她身邊。我聞到她的香水味，並且感覺到，她貼近擁抱我時，她的長髮搔得我的手臂癢癢的……

司機突然煞車，大家都被震得往前倒，而那個美妙的時刻瞬間瓦解了。於是我移到另一個座位，我無法忍受那個回憶。這時有一個第六學級的學生用奇怪的眼神看了我一眼，但我不在乎。

我抵達醫院的停車場時，雨滴開始落下。我走向入口處前，淋到一些濛濛細雨。雨水讓周圍一切顯得柔和許多，也讓我七上八下的胃舒緩許多。

我知道該怎麼走。爸爸有教我記住路線，所以如果跟婕米外婆，也就是媽媽的媽媽，或其他人一起來的話，我可以輕易找到正確的路。「進電梯按二樓，然後跟著紅色的箭頭走到C區。」他重複說了兩次並對我微笑，可是他的微笑沒有延伸到他的眼裡。

我昨天來的時候沒有進病房，雖然他在我旁邊，或許，正是因為他在我旁邊。今天我會表現得好一點。至少，我會進到病房裡去看。我一定得看！

我擔心了一秒鐘，不知道會不會有人把我叫住，因為我不是跟爸爸一起來。可是，服務臺的護士認出我了，她朝電梯的方向點點頭。

就這樣，不能回頭了。先搭電梯，然後跟著紅色的箭頭。我把手放在胸前以平息我的不安，然後轉動C區裡一個小房間的門把。

躺在那裡，全身被包覆起來，蒼白且一動也不動的——是我的媽媽。是她，當然是她，可是從很多方面來說又完全不像她。我鼓勵自己向前走近，一步、又一步。她的右手臂放在被子上面，接了很多條管線。另一隻手臂，受傷的那一隻，被很仔細的蓋起來了。醫生告訴過爸爸，他不確定什麼時候可以使她從昏迷中醒過來，要看她恢復的情況，不過他認為再過幾個星期應該有希望，所以現在能做的只有等待。

我看到她的頭髮被剪短，幾乎剃光了。我忍不住去摸，很柔軟，像絨布。我以為我會很氣憤她那頭長長的深褐色捲髮被剪成這樣，可是我沒有生氣的感覺，有的只是胃裡再次感覺到的那種可怕的刺痛。這是我造成的，全是我的錯，是我害她變成這樣。

她的左邊臉頰和前額有傷痕，雖然已經過了五個星期又三天了，卻還是有深深淺淺黃黃綠綠的痕跡。

我的視線隨著那些傷痕邊緣，看到太陽穴附近皮膚底下微小的血管。

「對不起。」我脫口而出，然後才明白自己在說什麼。

我伸手去碰她，不過在最後一秒鐘又把手縮回來了。我怕會感覺到她是冰冷、沒有生命氣息的，不像平常碰觸時的那種厚實溫暖。

於是，我坐在灰色塑膠椅上，開始對她說話。自從事情發生後，這是我第一次對她說話。

「沒有妳，我的日子很難受。我們都是。露露變得很奇怪，她不想跟我做朋友了。她說我變了很多，自從……自從出事以後。我不覺得我有變，可是，說不定……？」

我說了今天一整天發生的事和一些其他的。我對媽媽說了我做的惡夢，還有露露嘲笑我的衣服，還有讓人難過的換座位。

我閉上眼睛，許下最深切的願望——就是當我張開眼睛時，媽媽會轉過身來對我微笑，告訴我「不用擔心露露，一切都會好的。」可是她沒有。她躺在那裡，安靜的，一動也不動。唯一的聲響來自心臟監測器有時發出的嗶嗶聲，它的螢幕上有鋸齒狀的線條。我曾經在電視上看過像這樣的東西，而眼前這臺機器專屬於她，讓我感覺很不真實。嗶嗶聲在我的腦子裡愈來愈大聲，我站起來，快步走出房間。

「對不起。」我小聲的再說一次，可是，沒有人聽見。

第三章

我走到我家前面那條路時，心臟監測器的嗶嗶聲還在我的腦子裡響個不停，然後我才意識到它使我害怕。我知道照道理我不應該害怕它，畢竟嗶嗶聲表示人還活著。或許我是怕它的聲音停止，那就真的糟糕了。嗶嗶聲一直跟著我，我把兩隻手按在兩隻耳朵上，想讓聲音消失。我一路維持這個姿勢往前走，可是嗶嗶聲持續的、固執的、大聲的響個不停。

我遠遠望見我家對面有人——一個小小的人形輪廓，頓時嗶嗶聲消失了。起初我以為可能是某個人坐在椅子上，不過那讓我覺得很怪異，竟然坐在人行道上，等我走近才看清楚，那是輪椅。

輪椅上坐著一個跟我差不多年紀的金髮男孩，一副圓框眼鏡平衡的架在有點翹的鼻子上。他笑笑揮手，一派自然的樣子。這真是詭異極了，很少有陌生人互相揮手吧。我不想沒禮貌，所以我也揮手回應他。

等我走到彼此可說話的距離時，他說：「嗨。」他露出微笑，看似很神祕的微笑。

「嗨。」

「妳頭痛嗎？」

「什麼？」

「我看到妳邊走邊舉著手臂……」

「喔，是。沒有，我沒事。」

他點點頭。「妳在趕時間嗎？」

我在……當然啊，我總是在趕時間。可是出乎我自己意料之外，我發現自己回答：「沒有，沒什麼事……」

「我可以給妳看一樣東西嗎？」

「好啊。」

「在河岸邊。」他說。落日餘暉照在他的眼鏡上形成反光，光影籠罩著他的臉，我看不清他的表情。

「我可以帶我的狗一起去嗎？」

「好耶，當然可以。」

我打開家門，他在旁邊等著。麥羅從屋子裡衝出來，開心得不得了，可是牠沒有像平常一樣撲向我，牠整個身體直接跳到我的新同伴的大腿上。

「哇！哇！」

「下來，麥羅，下來。很抱歉。牠是世界上最沒規矩的臘腸狗！」

可是這男孩竟然有辦法使麥羅平靜下來，同時穩住他的輪椅不失控。才一下子，他拍著麥羅的頭，將牠放回地面上。麥羅歡快的繞著牠的新朋友轉圈圈。

我們穿過我家和拉赫曼家之間狹窄的空隙往河岸邊去。起初走在鋪得很平坦的道路上，所以男孩很容易自己推著輪椅前進，可是後來道路變得很泥濘，有很多石頭。他每轉一下輪椅，我都以為他會滑倒或摔下來。我的手伸出去好幾次，打算要幫他，可是他總是先我一步，然後我注意到他穩住自己的方式很奇妙。他的上臂似乎特別強壯，不管輪椅是碰到石頭或打滑而震動，那雙手臂總是能使它恢復成穩定前進的狀態。

他一直到了水邊才停下來，轉過來向我微笑。麥羅和我落在他後面一段距離，掙扎著穿過泥巴地。自從春天以後我就沒有來過這個地方，早就

忘了這裡有時是多麼潮溼的沼澤地。每一步都讓人很費力。

「對了，我叫托比。」他說。「我剛搬進三十二號。」

「我叫伊莎。你搬進那間廢棄的房子？」

「對，上星期。裡面完全亂七八糟的，妳知道。大部分東西都需要換掉。因為很便宜，我媽才租得起。不過，我喜歡，我希望我們能住下去。」

「為什麼不能？」

「要看我媽能不能找到一個正職的工作，所以她還沒有讓我去學校，她暫時在家裡教我自學。」

「那房子很久沒人住了，自從梅森先生死……」我說，然後馬上閉嘴。他不需要知道那些。我知道如果是我住在那裡的話，我不會想知道。

不過托比沒有聽到。他凝視著河裡的某樣東西，他把手指壓在嘴脣上。

「在那裡。不要出聲，妳看。」

他撥開茂密的草叢，指向前方。起初，我看不見他要我看什麼。我的眼睛來回巡視著汙濁的水面和鮮綠的水藻。河面升起一片水霧，讓我頸後的毛髮都豎了起來。

「看仔細一點，就在那裡。」

我望向河的對岸。水流得很快，河面並不很寬。在黃昏的餘光下，我勉強看出有許多葉子和樹枝從水底浮上來。然後，我看見牠們了。在一根樹枝上，桑樹叢底下突出一根樹枝，有一群小小拙拙的灰天鵝圍繞著牠們的母親，牠們的羽毛被風吹得不住抖動。牠們的樣子看起來很柔弱，這讓我屏氣凝神。

「牠們已經有好幾個月大了，」托比說。「妳可以從牠們的體積大小和柔軟的羽毛看出來。我不知道牠們的爸爸在哪裡，我還沒看見牠。妳看！那隻最小的好像跟不上大家。妳有時可能看不見牠，因為牠常常躲在其他

小天鵝後面，不過妳可以認出牠來，牠的頭頂有一撮很好笑的絨毛，所以我給牠取名叫毛頭。」

我們慢慢的往樹叢移動，麥羅拉扯牠的繩索，急切的想要進到水裡。我作勢叫牠安靜別動。天鵝媽媽的小寶寶都圍繞在牠身邊，牠們緊緊的游在一起，為了保暖和安全。我數了四隻，大小和顏色都不一樣。然後，我看到牠了，隱身在兩根浮在水面上的樹枝之間，那就是毛頭。牠的頭很滑稽的歪向一邊。牠讓我想到有個老人說了一個笑話然後等待觀眾的反應。牠的哥哥姊姊都不理牠，爭搶著要得到媽媽的注意。

「牠們很美麗。」

「是啊。」

「而且很嬌弱。」

「我覺得牠們孵化得太晚了，對小天鵝來說。通常牠們應該在夏天開始時就會出現。這表示天氣變冷以後，牠們會很難找到食物。毛頭會需要幫助，我們要確保其他小天鵝不會搶走牠的食物。」

我很喜歡他說「我們」，好像是說他和我和麥羅已經成為一個團隊了。我感覺到自己和毛頭的連結。牠躲在草叢底下避風，看起來像個小不點，卻散發一股堅毅的氣質。每次牠好像快要被遺留在最後時，牠就會游得更快一點。

「我們明天帶一些食物過來給牠好不好？」我問。

「我們或許應該盡快開始餵牠了。」

托比在輪椅上動了一下身體，他肩膀的肌肉在外套下很緊繃。然後他轉過來看著我，好像在審視我對毛頭的關心到底有多認真。我應該有給他一個好印象，因為他決定透露一個祕密。

「當然，牠們會在這裡一陣子。那邊有一輛老舊的廂型車，下雨的時候，我們可以躲在裡面。後車門不見了，所以我的輪椅可以進去，可能要請妳幫一下。」他抬起眉毛像在詢問。

「在哪裡？」我問。

「在河岸另一邊，遊樂場後面。妳要過去看一下嗎？」

天色逐漸變暗，遠處的街燈微光閃爍。我正想說我應該要回家了，可是我的好奇心占了上風。我拉緊麥羅的繩索，我們跟著托比走過搖搖晃晃的木橋。我們經過了我小時候常來轉著玩的秋千，還有布滿塗鴉、壞掉的翹翹板，然後托比指向分隔遊樂場和一塊空地的灌木叢。

「我們得過去另一邊，」他說。

我急忙搜尋枝葉較稀疏的空間，好讓托比可以推著輪椅過去。

他說的沒錯。有輛廂型車停在空地的邊緣，好像已經在那裡很久了，好像理所當然的樣子。雖然光線有點昏暗，我還是看得出來它生鏽了。車身上寫著幾個粗黑的斜體字，前幾個字被一塊貼上去的硬紙板擋住了，不過我很確定後面幾個字是：洗衣服務。

我盯著幾處生鏽的圖案看了很久，看出了熟悉的形狀——一隻蝴蝶，一隻鞋，甚至一隻狗，就在遺失的左後輪胎的位置上方。

「車子裡有什麼？」我問托比，同時探頭進車子裡。不知什麼東西突然在車子裡一陣騷動，我因此打了個冷顫。

「只是小甲蟲，」托比低聲說。「好像有不少，不過牠們不會傷人。另外，還有一些工具和一張舊床墊。」

麥羅一路踢樹葉、嗅泥土，玩得很痛快。當牠注意到廂型車，立刻跳上去。

雖然有甲蟲和舊床墊，不過我發現自己竟然對這輛車子頗有好感。只要有一條毯子，再簡單整理一下，很容易就可以使它有家的感覺，我很喜歡它隱身在這裡，一個真正的祕密基地。只是不知道托比有沒有告訴過其他人。我還來不及問，他的口袋裡突然傳出一陣聲響。他摸索一陣，掏出手機。

「是我媽打來的，我得回去了。妳要一起走嗎？」他問。

「好。」

在河岸邊低窪處，他的輪椅會陷入泥巴裡，我趕忙上前援助，可是跟之前一樣，他總是先我一步推動自己前進。

我們離家愈來愈近，托比的輪椅快轉時一閃一閃的亮光，以及我的鞋子踩在落葉上發出嘎吱嘎吱的聲音，讓我產生一種迷離的感覺。泥巴飛濺到我的腿上，我的雙腳都溼透了，我的大拇趾尖已經凍得沒有知覺。然而，我們一路交談，一股暖流觸動了我，我已經好幾個星期沒有這種感受了。

我所有的煩惱，關於媽媽、關於露露、關於惡夢、關於所有的事情，彷彿就在他揮手告別並轉身消失在他家大門前的那段短暫的時刻裡，全都消失得無影無蹤。

第四章

我們進了家門，屋子裡沒有聲音，沒人在，不過我覺得很愉快。爸爸還沒回到家，於是我決定先做我的代數作業。這樣，等他回來了，我們可以一起吃晚餐，然後我可以告訴他關於托比和天鵝的事情。

我上樓去換掉制服。我的房間實在很需要好好清理一下了。我看見桌子的角落堆積許多灰塵，我打開燈，看見之前打翻茶杯時留下的褐色汙漬。房間裡，不管其他地方有多髒亂，唯一保持完美的部分，是在床上方的那面牆。

如果我跟任何人說我很享受能一直看著這面牆，他們絕對有道理認為我是個瘋子，可是重點是這面牆不是一般普通的牆。正好相反，它布滿了各種色彩、形狀和紋路，而且它是我的故事，是還沒結束的故事……從很多方面來說，它對我很重要。

我四歲的時候，媽媽開始畫這面壁畫，後來我們常常一起做畫。她站在牆邊，穿著鬆垮的上衣、古怪的襪子和吊帶工作褲，手上拿著一個舊餐盤當調色盤。她常笑著說：「我們來畫更多妳的故事吧，伊莎。」她把她的長髮綁起來，以免干擾她做事。我總是覺得她手拿刷子站在那裡，是她看起來最美麗的樣子。

雖然我不是一個很能安靜不動的小孩，但看她畫畫時卻可以坐很久很久。我會依照她的要求遞給她正確的刷子和顏料，有時我會在她還沒說出口就先猜測她要什麼。只要她勾勒出我的輪廓線，我就會催她：「把我塗

上顏色！」我連幾分鐘也不能忍受自己是灰色和空白的，她會笑我並且立刻動手上色。通常她會畫兩個版本的我——一個是牆上的我，另一個是在現實中雙腿交叉坐在床上、等不及的那個我。有時我的鼻子會突然毫無預警的被塗上一塊藍色，這逗得我咯咯笑。

經過好幾年，她畫的圖像愈來愈多。牆面被分成好幾個區塊，每一個區塊裡都有一件我的人生大事。我最喜歡第一塊，畫的是我出生時爸爸和媽媽在醫院裡，媽媽把我抱在她的腿上，用一條很大的毯子包裹著我，而爸爸在一旁微笑。顯然我那時是醫院裡體型最大，且聲音最大的小嬰兒。

那天傍晚，我倒在床上看著那面牆時，立刻發現不大對勁。是黃色！我的眼睛搜索著這怪異的變化，同時感覺我的胃緩緩往下沉。包著我的毯子上的黃色消失了，就好像所有的黃色被石灰牆吸走般，黃色全消失了！

不管是插在醫院花瓶裡的鬱金香或房間角落裡小巧的燈罩……，而這還只是第一區塊。我抓狂似的巡視整個牆面，沒有任何一個地方還能見到黃色。

我調整燈光，從各個角度檢視後，還是一樣——黯淡的白色取代了原先的黃色，就好像整個圖案只不過是等著印刷的底版似的。我伸手去摸，可是沒什麼特別，指尖下只有平滑的觸感。有可能是黃色顏料在過去幾個星期褪色了，只是我沒有注意到嗎？當然有這個可能性，可是，真的是這樣嗎？我決定，等爸爸回到家立刻請他來看看。有了計畫後，就感覺比較踏實。

我心裡懷著篤定的計畫，下樓去為麥羅倒出牠的食物，然後帶著書本坐在餐廳裡那張「大餐桌」旁邊。東西有了名稱就給人不同的感覺，這張桌子最後一次當成餐桌是我們三個人還能一起吃飯的時候，那是在「最黑暗的一日」之前。現在，爸爸和我在廚房裡的桌子吃飯。我想，那個狹小的空間讓我們覺得比較不寂寞。我們把窗簾拉下來，把食物放進烤箱裡，我們就被包圍在暖烘烘的亮光裡。

我沒法提起勁來寫作業，我好奇的猜想托比此時在做什麼。我的眼睛一直轉向廚房的窗戶，想看一眼我的神祕新鄰居的生活。

就在這時，我注意到爸爸的鞋子和他通常會帶去上班的背包。

我慢慢的走上樓，敲他的房門。

「爸，你在嗎？我可以進來嗎？」

裡面靜悄悄的。我屏住呼吸一下子，然後打開房門。房間裡很暗、密不通風，我摸索著電燈開關。

爸爸躺著，仍然穿著上班的衣服，躺在被子上面。他的身旁有一疊文件，還有一些在枕頭上，有一些散落在地板上。我坐在床的邊緣，兩隻手抓住他的肩膀。

「爸！醒來！是我啊！」

他的眼皮動了動，然後他搖搖頭。

「爸？」終於，他的眼睛完全睜開，看著我。

「嗨。」他微笑。「妳，還好嗎？」他坐起來，望著漆黑的窗戶，一臉迷惑的表情。

「是，我剛從學校回來。」

「喔，我一定是……一定是睡著了。我今天比較早從醫院回來，我只是躺下來讓眼睛休息一下。真是白痴啊。現在幾點了？」

我看了一眼我的手錶。

「該吃飯了嗎？」

爸爸的眼神看似輕鬆，底下卻深藏著陰影。他看起來非常疲憊。我突然很想擁抱他，可是他比我更快，給了我一個熊抱式的大擁抱。

「我來弄晚餐，」他說。「然後我得開夜車處理這個專案的事情，我答應賽門了。」

我喜歡賽門，爸爸的工作夥伴。他一天到晚講笑話。他和爸爸從學生時代就認識了，一年前他們決定辭去大銀行的工作，成立了「大象專案」，一個倡導反盜獵動物的組織。我當初聽到爸爸轉換工作時，以為是要宣傳新的打獵方式。爸爸向我解釋，盜獵的意思是不合法的獵殺動物，通常是瀕臨絕種的動物。

總之，「大象專案」現在還是只有賽門和爸爸兩個人，他們在辦公室裡工作的時間非常非常的長。爸爸來回的交通時間也很長，不過自從那天起，他愈來愈常在家裡工作。

我端著一杯茶在廚房裡等他，幾分鐘以後他下樓來，看起來比較有精神了。

「妳今天過得怎麼樣啊？小傻莎。」他問我，同時搓搓我的頭髮，手勁有點太過用力和興奮了。他總是叫我的小名，那是我兩歲時他給我取的，都十年以前了。他取這個名字，是因為我小時候喜歡在院子裡轉圈圈，常常一直轉到頭昏腦脹，倒在地上爬不起來。

「爸，你能不能過來看……」我說到一半，又看到他眼睛裡的陰影，話就卡在喉嚨裡了。

「嗯？」

「沒事。」我改口。

有一會兒，他坐在那裡，心不在焉的點著頭。然後，他的眉頭皺起來，更專注的看著我。

「我今天也去看媽了。」我說。我感覺似乎不應該繼續隱瞞這件事情不告訴他。

「情況如何？」他平靜的問。「妳為什麼自己一個人去？」

「我不是事先計畫……只是就突然發生了。」

「他們讓妳進去？」

「是。我不確定護士知不知道你不在那裡。或許，我只是剛好錯過你。我這次進去房間裡了，我還對她說話。」

他睜大眼睛。「然後呢？」

他聽起來懷抱著希望，好像我接下來要說的是什麼大奇蹟似的。

「然後……沒什麼。」我無助的回答，胃裡湧出一股憤怒。他期望什麼？他以為我走進那個房間，突然間媽媽就好起來了？

他張開嘴又閉起來，好像打算要說些什麼，然後又決定改變主意。

「我們來做晚餐。」他說。「我們應該可以在冰箱裡找到些好東西，讓我們可以很快的弄好。」

泰莎奶奶，就是爸爸的媽媽，在意外發生後跟我們一起住了幾個星期。她是很棒的廚師，而且她很愛料理食物。她會做最好吃的餃子，那是照她的媽媽傳給她的食譜做的。無論發生什麼事情，她住在這裡的每一天，她都能預備好三道式晚餐。我在快回到家的路上，就能聞到她做的美味食物的香氣。

「美食有益靈魂。」她總是這麼說，並且笑容滿面的端上餐點。她喜歡看我們吃她做的食物——我們三個：麥羅、爸爸和我。她說那是最令她快樂的事情，不過她本來就是一個性情愉悅的人。

只有一次，我看到奶奶真實的另一面。那天我在院子裡，她在廚房攪拌著蘑菇，她不曉得有人在看她。我注意到她的身體顫抖，擔心她出了什麼問題，然後我就看到她用袖子擦眼睛，才明白她是在哭泣。我想進去擁抱她，可是有個不知名的原因阻止了我。就是那個同樣的原因阻止我去醫院，整整五個星期。

奶奶離開我們回到爺爺身邊之前，為我們做了十二包餃子放進冷凍庫裡，讓我們一直吃到上星期二為止。我打開冰箱，希望可能會發現她留下了什麼其他的食物，可是冰箱裡只有雞蛋和一袋已經長出很多鬚的胡蘿蔔。

「它們看起來好像要生孩子了。」爸爸說，他用大拇指和食指夾起其中的一根。「很噁心吧？我真的應該去採買了。我明天就去。」

「我們可以吃煎蛋和薯條。」我從冷凍庫裡拿出一袋薯條。

「好主意，小傻莎。」爸爸說。他把平底鍋拿出來，放在爐子上。他想從側邊敲破一個蛋，可是蛋從他手裡滑下來，掉在地上。

「別擔心，我會弄好。」

我把薯條全倒進盤子裡，直覺的拿出大象形狀的紅色模型，我知道那會逗得爸爸哈哈笑。全都做好後，我把食物分裝在盤子裡，再從冰箱拿出蕃茄醬並擺放妥當，又倒了兩杯水。

「謝謝。」爸爸說。「如果沒有妳，我怎麼辦啊？一定會餓死。」

晚餐後，他拿著文件坐在沙發上，而我做完功課以後，打開電視，心裡很感謝他沒有上樓去。我盡量調低電視音量，讓他能專心做他的事。可是，等我再轉頭看他時，他的身上蓋著麥羅很喜歡捲來捲去的舊毯子（雖然牠並不被允許到沙發上），已經睡著了。我很想請爸爸去看那幅壁畫，看他是不是也能看出有什麼改變，可是他有太多事情要操心了。這件事，我得自己想辦法。

第五章

煙霧繚繞，浮現黑影人的臉。他的兩隻手臂朝我伸過來，他在拉我，要我跟他走。我睜著眼睛，全身僵硬而動彈不得，他手臂上的肌肉收縮、放鬆、收縮、放鬆。他的衣袖是綠色的，布料的觸感粗粗硬硬的。我推開他的手臂，可是它們又伸向我，拉得更用力。

「不要看……不要往右看！」他大吼。

愈來愈熱……熱得我受不了，快不能呼吸了……他的臉靠得很近，我聽見他在喘氣。他是誰？我想看清他的五官，雖然我實在害怕極了。他在我眼前變成模模糊糊的，模糊而且不停的晃動，直到完全消失。

鬧鐘的響聲已經停止了好一會兒，我還是一直閉緊眼睛，試著甩掉連續第二個夜晚的惡夢，並祈禱壁畫在一夜之後恢復正常。可是，當我鼓起勇氣、睜開眼睛，朝我最喜歡的牆面看過去，那種彷彿蜘蛛在身體裡爬行的感覺又回來了。

不僅黃色不見了，旁邊一幅圖畫裡草的綠色也消失了。畫裡的我六歲，坐在院子裡，自己剪頭髮。我當時堅持要在歡迎會的戲劇演出裡扮演小飛俠彼得潘，我認定自己應該要盡可能符合他的樣貌——可見從小致力於戲劇表演。只是現在看起來，我宛如坐在一片雪地上。體內那隻蜘蛛用力踏步，從我的胃移向我的胸口，造成一陣可怕的刺痛。

然後，突然間，一個念頭閃過，惡夢裡的黑影人一定跟這些色彩的消失有關。自從他出現，這些色彩就開始消失了！一定不是巧合。那麼，如果只有我經歷惡夢，或許只有我能看見這些色彩消失。我當然可以請爸爸來看他是否能察覺什麼，不過我覺得我已經知道他會說什麼了，沒有別人能理解關於這個色彩小偷的事。可是，他到底是誰；而且為什麼要偷我的東西？我的腦子裡出現太多問號在打轉。

等我終於下樓來，發現廚房裡沒有人，而水槽裡堆滿昨晚用過的髒盤子。爸爸那個有缺口的馬克杯被放在流理臺上，它太接近邊緣了，看起來隨時有掉下去的危險。那是媽媽買給他的，蝙蝠俠和羅賓的圖案幾乎完全磨掉了，不過白框裡的字還依稀可見，「你是我一生的夥伴。」我把杯子裡的咖啡殘渣清掉，然後把它放進洗碗機裡。我已經好幾個星期沒有看到這個杯子了，它比餐桌更像是屬於過去的東西。為什麼爸爸會把它從廚櫃裡拿出來？

我省略了早餐，把麥羅趕進屋子裡面，比以往更快的速度準備好出門。托比在等我，而露露不會。我想我已經知道她不會出現。

托比一定一直在觀察我有沒有出門，因為我一出了我家大門的同時他也出現在他家門前。

「放學以後在廂型車那裡碰面好嗎？」他問。

「我擬好了一個行動計畫，餵毛頭吃東西。」

「當然好。我一定會去。」

「太好了。」他微笑著，那笑容跟前一天同樣神祕；而我往學校走去，比前一天快樂多了。我在上課鈴聲響起前幾分鐘就抵達了學校。

「齊來歡呼萬歲！」我一進教室就聽到法蘭克說。他的手正在鼻子上弄來弄去的，等他把手放下，我看見他臉上布滿一點一點的牙膏，等我走近才發現那些是癤子狀的貼紙。他看起來太滑稽了，使我忍不住大笑。或許坐在他旁邊不是一件壞事。畢竟，我想不起來露露上一次使我發笑是什麼時候了。

「加倍再加倍，辛勞又費神；釜底熊熊烈火，釜中滾滾沸騰。」

「什麼？」

「我要參加甄選，三女巫之一。」他說。「誰說一定是女巫？他們也可能是巫師啊。反正在莎士比亞的年代，所有的角色都是由男性演出的。」

「那倒是真的。」我很驚訝他竟然知道，我們的英文課沒有教過這些。

誰會想到——討厭鬼法蘭克，是莎士比亞迷？

「不過你說你要參加甄選，是什麼意思？」

「角色甄選會，就是明天，不是嗎？我早早預備好了。」

馬克白！我怎麼忘了角色甄選會？

彷彿猜到了我的想法，露露走到我的桌子附近徘徊。我注意到她今天捲了睫毛，難怪她沒有時間在上學前來我家找我。

「我猜妳想要演馬克白夫人，對不對？」她問，揚起一邊的眉毛。

「嗯，我……」我不想承認我完全忘記這件事情而且毫無準備。

「我只是想讓妳知道，潔米瑪也想演這個角色。她可是半專業的，所以，妳呢……妳最好選別的角色，讓自己比較有上臺的機會。或許是麥克德夫的夫人，或侍女？」

「妳說半專業的，是什麼意思？」

「她從五歲開始就去週六戲劇學校學表演了，伊莎，妳的嘗試是沒有意義的。」

我直視露露的眼睛，想確定她是不是真的有意說這些話。我心裡還存著幾分盼望，她會開始哈哈大笑說這一切都是開玩笑的，而她仍然是我的好朋友。

「我還是想試試看，不管怎樣。我一直很想演馬克白夫人，連試都不試就太蠢了。」

「即使妳明知道根本沒有機會成功？」露露打斷我，不耐煩的嘖了嘖舌頭。

「機會可能很小，也不能說完全沒有。」

「隨便妳。」她聳聳肩。她正要轉身離去時，不知怎麼我突然抓住她。

「妳為什麼要這個樣子？」我低聲說。「我還是跟以前一樣。」她看著我的樣子像在可憐我，可是我不放棄。「我們不能重新來過嗎？妳星期五晚上來我家好嗎？我們可以一起帶麥羅去散步，然後看恐怖片。我爸不會介意的。」

「謝了，我不要，伊莎。」她說。「妳當真以為遛妳的狗是我想要度過星期五晚上的方式嗎？那妳比我想的還要奇怪。反正，我有別的計畫。」

「什麼別的計畫？」我很訝異自己的聲音聽起來像在乞求。其他人開始轉過頭來，我們突然變成大家注意的焦點。露露的臉脹紅了。

「如果妳一定要知道的話，我要去潔米瑪家。」她咬牙切齒的小聲說。「那天是她哥哥生日，我們打算溜進派對裡。會有真正的DJ和很多東西。如果妳這麼渴望想找人陪，妳幹嘛不找法蘭克去妳家看什麼鬼電影啊？他看起來就是那種喜歡看瘋狂吸血鬼電影的人，而且如果妳夠聰明又不出錯的話，誰知道會發生什麼事？」她說，帶著諷刺的表情朝我眨了眨眼睛。

她愈講愈大聲，教室裡大多數人都聽見了。

一股火紅的怒氣在我體內爆開並蔓延到我的喉嚨，像熔化的岩漿使我覺得自己好像快要生病了。我用力推開露露，盲目衝出教室，一直跑到走廊很遠很遠並且四周沒有任何人時才停止，我的雙手扶著膝蓋。寂靜中，我只聽見自己的喘氣，急促又憤怒的喘氣。

她為什麼要那樣說？她為什麼當著全班同學的面那樣說？我們以前那麼要好，我們幾乎可說是住在彼此的家裡。我們分享一切，從衣服到鉛筆盒裡的東西。讀小學的時候，我們甚至有專屬的祕密語言，沒有任何其他人能夠破解我們的密碼。媽媽和爸爸都對她很好，而雪莉也常帶著我跟露露一起去許多地方：逛街、看電影、聽音樂會……露露怎麼能這麼輕易的全都忘記了呢？

我的背順著牆往下滑，直到我坐在滿是灰塵的地上。慢慢的，我的呼吸恢復了正常，我抬起頭，發現我跑到比我想的還要遠的地方。我來到歷史長廊區，這裡展示著「歷年米爾頓校史紀事」。麥肯基老師經常滔滔不絕的說我們行走在歷史裡，「米爾頓中學雖然沒有趕上詩人米爾頓的時代，」他總是說，「不過它也有將近一百五十年之久了。」

現在，我看著展示的資料圖片，看見那些舊的過去和新的現在合為一體。一九二〇年代曲棍球員的黑白照片，看起來跟最近九年級埃及之旅的照片並沒有非常大的差別，曾經是金黃色的金字塔現在看起來只有黯淡的灰色。就像我的壁畫，所有的色彩終會消失。

「嘿！妳在這裡。」

我轉過身，看見法蘭克正朝我跑過來。

我猜想他可能是被派來找我回去的，我等著被冷嘲熱諷，可是完全沒有。

「妳還好嗎？」他問。「妳不會讓她真的影響到妳吧？」

我驚訝極了，不知道該怎麼回答。暈紅染上法蘭克的脖子和臉龐。

「我看過妳去年在仲夏夜之夢裡的演出，」他繼續說，「妳真的很不錯……刪掉重來，應該說，妳真的很棒。不要讓她阻止妳。她是白痴。」

好一會兒，我說不出話來。然後，我的氣消了，而且我感覺自己幾乎又恢復正常了。顯然我之前完全錯看法蘭克了，露露認為他什麼也不會，只是個討厭鬼，不過已經有好幾項證據說明她是錯的了。他知道莎士比亞，他看過我的戲劇演出，他看到我難過所以跑出來找我；而且其實他並沒有什麼特別令人討厭的地方，事實上，他的深黑色、亂蓬蓬的髮型還挺適合他的。

法蘭克伸出手來要幫助我站起來，我只猶豫了一秒鐘，我就抓住他的手，然後我們一起走回教室。

一群十一年級生從我們身邊經過，往曲棍球場去。我認出其中一個高個子是副隊長寇梅克．葛里飛，大多數九年級以上的女生都瘋狂的愛慕他。就我個人來說，我實在看不出他有什麼吸引力。他的體型像籃球網那麼高大，臉上永遠帶著嘲弄的表情，看起來就像隨時可以說出難聽的話。

他跟我們錯身而過時吹起口哨，並對他的朋友們說：「純純的愛。」通常我一定會臉紅，可是這一次，他的話沒有影響到我。

「謝謝，」我等那群人走遠以後對法蘭克小聲說，「謝謝你來找我。」

「沒什麼啦，換成妳也會這麼做的。」

如果在昨天，這句話大概不會是真的；不過，很多事情已經在一天之內改變了。

第六章

午餐過後是美術課，我跟夢娜和哈普坐在一起，感覺幾乎就像以前一樣。夢娜給我看一張照片，是她爸爸媽媽上週末給她的，一隻剛出生沒多久的小狗。牠跟麥羅是同一種，只是比較幼小。好可愛。

然後，我等著代課老師走進教室，沒想到出現的是李亞老師。這學期開始他就請假了，因為他的太太生小孩。我不知道他這麼快就回來了。

他滿臉笑容的跟我們分享小嬰兒露西的情況，然後問我們在他缺席的這段期間過得怎麼樣。

班上好幾個同學此起彼落的喊著說想念他，不過我猜想他們任何一個人都不如我這麼想念他。李亞老師超讚的，一點也不誇張。他很會畫人體，各個不同部位都畫得很棒；他也是唯一能把手的素描畫得這麼好的人，看起來就像是照片一樣。

不過，他最讚的不只是很會畫畫，而是他的每一堂課都讓我感覺在經歷一場探險。

我們才剛上過自畫像的課程，少了他的鼓勵，我們好像都沒法專注，過去幾堂課的時間裡，我們幾乎都只是在隨便塗塗抹抹。

我很高興聽見李亞老師說他也很想念我們。

「好了，過去幾週你們一直在進行的自畫像要告一段落了，下星期我們開始做新的東西。你們覺得如何？」

「好啊，」前排有人說，「要做什麼？」

「嗯，那是一個驚喜，不過我可以先給你們一些線索，讓你們帶回去想一想，看能不能猜到。這樣說吧……是要學習某一位畫家的風格，而這位畫家最關注的是夢，並且以畫過一些不尋常的鐘而聞名。現在不急著想。你們先在作業本上寫下來，然後看能不能利用這個週末的時間找出答案。」

放學回家的路上，我一直在想李亞老師出的神祕作業。夢和鐘都讓我聯想到色彩小偷。他首先出現在夢裡，那實在不僅僅是惡夢而已，當他消失以後，我第一眼看見的，總是我的鐘顯示的螢光數字。光是想到他，就讓潛伏在我胃裡的蜘蛛蠢蠢欲動。

不過，等我打開門讓麥羅出來，立刻就戰勝了所有不好的感覺。牠親熱的貼在我身上打招呼，然後忠誠的跟隨我走到河邊，愈來愈興奮。牠在屋子之間的小路上跳來跳去。牠跑得太急了，結果一直滑跤，最後滾到了我們初次遇見毛頭的灌木叢。

我追著牠跑，很怕牠會掉進水裡，不過等我到達的時候，牠已經重新站起來甩甩身子，慢慢往橋的方向前進。

托比已經按照我們的約定在廂型車那裡等著，手上拿著又長又尖的東西，我走近以後才看出來那是釣魚竿。

「嗨，」他說，「妳來了。」

「當然。我們為什麼需要那個東西？」

「是為了毛頭。牠每次搶食物都輸給牠的哥哥姊姊，這是直接把食物給牠的好方法。只是我得弄清楚該怎麼操作。這是我舅舅的，我以前從來沒用過。」

他拉起一個把手，突然「喀拉」一聲，線開始自動繞著捲軸轉動。他點點頭，很滿意的樣子。

「我做了一些關於天鵝的研究，」他告訴我。「我想我們知道的愈多，愈能夠幫助牠。」

「太好了。你發現什麼？」

「很多。妳知不知道天鵝的羽毛什麼時候開始轉成白色？」

「嗯……大約一歲嗎？」我其實毫無概念。

「我本來也是這樣想，可是實際上更早，六個月大。那時牠們的爸爸媽媽就知道牠們準備好了，可以獨自在這個世界上生活了。牠們羽毛朝下的那一面會先轉成白色。還有，妳猜牠們喜歡吃什麼？」

「麵包？」

「才怪，不是啦。牠們吃萵苣、菠菜（很噁）和馬鈴薯。」

「好噁心。不過至少我們知道該帶什麼給牠。」

「沒錯，是的，我想我們準備好了。我們去水邊吧，試試這根竿子，妳可以幫忙拿著嗎？要拿著它，同時推我的輪椅有點困難。」

「當然可以。」

「我其實可以選電動輪椅，」他喘著氣告訴我，「可是，妳知道嗎，我喜歡這個挑戰，這樣我的手臂也可以做運動。最糟糕的是下雨天，從地上濺起的水和泥巴會弄得我全身都是。」

我點點頭，不確定該說什麼才好。因為，事實上，我完全不曉得像他這樣會是什麼感受。

我跟著托比往毛頭所在的桑樹叢走去。今天的河水波濤洶湧，水面的波紋看起來很陰鬱。街尾的商店老闆喬許先生告訴過我，曾經有一個成年人被急流沖往下游至少十公里以後才被救上來。依照今天下午水流的速度看來，那絕對是很有可能的事情。

天鵝媽媽藏身在蘆葦圍起的一小圈靜止的水面上，她把頭埋在翅膀底

下睡覺。有三隻天鵝寶寶在她的兩邊打盹，還有一隻在長長的草叢之間。毛頭不見蹤影。

「你在哪裡？」我大聲問道。我踏步穿過河岸邊的灌木叢，把草叢往兩邊撥開，什麼也沒有。焦慮感隱隱浮現在我的胸口，難道牠已經成為陰險急流的受害者了嗎？

「妳看！那邊還有一隻天鵝。」托比小聲說。「可能是天鵝寶寶的爸爸。妳看牠的脖子比較粗，還有牠的嘴底端有比較大的黑點。」

我順著托比指示的方向看過去，看到天鵝媽媽游向那隻天鵝。牠們真是美麗，但是牠們今天看起來都比較緩慢，似乎受到水波晃動的攔阻。我勉強看出來有幾個小小的、灰色的頭在牠們身邊若隱若現，可是沒有看見毛頭。牠們為什麼沒有去找牠？

突然出現一陣嘩啦的水聲，我還來不及弄清楚發生什麼事，麥羅已經在水裡往河的中央游去。我整個人僵住了。

「麥羅！回來……」

水流把牠帶走了，牠掙扎著反抗，可是沒有用。

「麥羅！」我尖叫。「麥羅！」

岸邊傳來一陣騷動，緊接著又是一陣嘩啦的水聲。我起先以為是天鵝媽媽，卻驚駭的發現托比的輪椅是空的，只剩下他的眼鏡和連帽上衣擺在座位上。我轉頭望向河中，無助的看著他快速游向麥羅。我看見他的手臂強力的擺動以及飽滿的背部肌肉，在水裡奮力向前移動。他大約划了不到十下就抓住麥羅，然後緊緊的托著牠往岸邊游回來。

我放開緊握的拳頭，讓肌肉放鬆。然後，他們突然在草叢後面消失了，水面變得很安靜。

一片寂靜中，只聽到風吹過樹林，還有遠方傳來微弱的汽車聲。

「托比！」拜託沒事，拜託沒事，拜託沒事。我有兩個選擇，我可以跑出去尋求幫助，或者我可以嘗試自己下水去救他。

我不是很會游泳，所以我決定採取第一個選擇。我往上跑了一段路，然後聽到一聲大叫，我轉頭看見托比正在把自己從水裡拉上來。麥羅站在一旁，惶惑的顫抖著，就在河岸邊。

「謝天謝地！」我跑過去幫他。有一部分的我很想對他大叫怎麼這麼愚蠢，可是他也很勇敢，他救了麥羅而且他們兩個看起來都沒事。

「還好啦，」托比說，喘個不停。「不過對一隻這麼小的狗來說，應該是很恐怖。」

他的前額貼著好幾根溼透的頭髮，雙眼因為沒有眼鏡的保護而顯得很茫然。

「謝謝你。」我說。我覺得我說的這幾個字，相較於他所做的事情實在太空洞了。「我不敢相信你居然這麼做。」

「沒事啦。我看見牠有麻煩了。」

托比把眼鏡戴回鼻梁上，鏡片立即起霧。水從他的褲子上傾流而下，我直覺的抬起他的腳，先將第一只褲管擰出水來，再處理另一只，隔著布料可以感覺到他的膝蓋很突出也很瘦。他顫抖得很厲害，所以我脫下我的外套披在他的肩膀上。剛才可能發生的最可怕的景況，不斷在我腦海裡重複播放，我必須強迫我自己慢慢的呼吸——鼻子吸氣，嘴巴吐氣。

一切都很好，沒有壞事發生，不像……

托比的牙齒在打顫，不過他的臉上帶著笑容而且露出一種遙想的表情，好像想到了什麼。

「你還好嗎？」我問。「我們得回家了，太冷了！」

不過我可以看得出來，他沒有在聽我說話。

「這讓我想起了以前。妳知道，在那個……之前。」

「之前？」

「把我的連帽上衣給我，我給妳看一樣東西。」他一邊說，一邊用力的摩擦手臂上的雞皮疙瘩。還有一些葉子貼在他的背上，我把它們撕下來時，留下了一些汙泥痕跡。我小的時候，媽媽和我常用鏤空模版畫的方式畫葉子圖案。我們會一起散步，收集很多鏤空的葉片，然後用力把它們壓在紙上做出許多圖案。

我從他的輪椅上拿來綠色連帽上衣，托比把溼溼的手伸進衣服口袋裡，拿出一張皺皺的照片，照片上有一個穿著條紋足球服的男孩追著球跑。我看了一會兒才認出那是他。

「我是隊長，我那時也參加游泳比賽，而且得過好幾次獎杯。至少，我現在還會游泳。」

我盯著照片，我為他感到難過，不知道該怎麼回應。

過了好一會兒，我終於把視線轉離照片上那個充滿自信的足球明星，把照片還給托比。

「你很了不起，」我平靜的說，「不過你也快要冷死了，麥羅也是。我們得趕快回家了。」

釣魚竿直挺挺的被棄置在桑樹叢旁邊。我望向深黑的河水，還是沒有毛頭的蹤影。不過我很驚訝的發現，我已經不再像先前剛到這裡時，那麼為牠感到害怕了，不知為何我相信毛頭比我們想像的更堅強。我看著托比，我知道他想的跟我一樣。

「我們只好下次再來試試。」他的語氣很堅定。「我們把帶來的東西留在廂型車裡，明天或後天再來。不過，我要先回到我的駕駛座位上。妳可以幫我嗎？拜託！我下來比上去容易很多，我需要有人幫我把它穩住。」

「當然好。」

我把我的腳放在輪椅後輪的後面，同時注意著麥羅，劫後餘生的牠正忙著舔自己的身體。托比舉起他自己，我才剛後退幾步，他已經推著自己往步道上前進了。

令我驚奇的是，他朝麥羅招手，立刻，我的狗就坐在他的腿上了，而且還把頭蜷縮的靠在牠的救命恩人的胸前。我想，平時我一定會很嫉妒，可是現在情況不同，因為是托比。

「你媽媽不會很生氣你把自己弄得全身溼嗎？」我們快要走到主要道路上時，我問他。我的腳印在托比的輪椅軌跡兩側留下斑駁的圖案。

「才不會呢，她不是會生氣的那種人。她只是常常擔心很多事，不過大多是關於還沒發生的事。她只要看到我很安全就不會擔心了。」

聽起來她很像我媽媽，希望很快能有機會認識她。

「妳知道我們隨時歡迎妳來我們家喔。」托比說，再次猜中我的心事。「我媽一直說希望能認識一些新鄰居，我想她大概有一點寂寞，她在這裡誰也不認識。」

他搞笑的比了一個紳士般的轉圈圈手勢，表示我應該跟隨他走進他家的大門，可是我看了錶上的時間，已經太晚了。爸爸可能已經從醫院回來，並且在想我去哪裡了。

「今天晚上不行。」我對他說，邊抓起麥羅的繩索。「不過，我明天一定會再跟你碰面。」

我轉身朝家裡走去，心裡想著爸爸，逐漸的，好像有蜘蛛在胃裡爬行的那種不舒服的感覺又出現了。我知道他會想要跟我談媽媽和醫院的事情。我吸了一口氣，讓自己振作起來。

第七章

我打開門後，立刻感覺到好像有什麼變化。屋子裡的氣味不同了。有花的香味，還有一種很強烈、濃郁但我辨認不出的味道。

我走進廚房，發現琳恩姑姑全副清潔裝備，在每個地方噴灑清潔劑。

「伊莎，妳回來了，親愛的！我正在擔心呢，妳跑去哪裡了？」

她用力擁抱我，力道大到讓我覺得快被壓扁了。

琳恩姑姑是爸爸的姊姊，可是她跟爸爸是兩個完全不同的人。爸爸很隨和，她則一絲不苟的講究規矩。

我小的時候，常常把她想成是那種老式的鐘錶師傅——總是不停的撥弄調整時鐘背後的螺旋鈕，確保每一聲「滴、答」的長度都盡可能一致。

只不過，琳恩姑姑看起來一點也不像鐘錶師傅。事實上，她看起來甚至不像一般姑姑的樣子。她穿著很合身的整套搭配好的褲裝和高跟鞋，她的薑黃色短髮完美的捲成一層層的波浪環繞著她的臉龐，沒有任何一根頭髮偏離正確的位置。她總是塗上深紅色的口紅，即使是在使用吸塵器。

「妳在這裡做什麼？」我問她。

「妳打招呼的方式還真熱情，不是嗎？」

「對不起、對不起。」

「我來跟妳和妳爸住一段時間。」她的語氣很開朗，雖然她的微笑有點勉強。

然後，她注視著我，突然出其不意的把我包圍在她的擁抱裡。發生得太快了，我根本沒有機會閃躲。

「妳過得怎麼樣，伊莎？說實話！」她問，直視著我的眼睛。

我保持沉默。有什麼好說的？

「我知道妳不想跟我在電話上講話，沒有關係。不過我想讓妳知道我會支持妳，任何時候只要妳需要我。」

「謝謝妳。」我說。「妳要在這裡住到什麼時候？」

這句話聽起來好像不歡迎人家，我知道，可是琳恩姑姑沒有退縮。

「不會是永遠，只是，妳知道，幫一點忙。」

「幫……忙？」

「是的，」她說。「別擔心。我不會干涉什麼，我只是來幫助你們做一些每天日常的事情。」

她當然會干涉，干涉是琳恩姑姑最擅長的事。我光是想到在她的統治下，生活會變得多麼嚴格就覺得很累，可是看起來我別無選擇。有一部分的我必須承認，或許有人來幫忙做一些決定其實還不錯。我覺得我的腦袋被生活裡的事占據了很大的空間，而我需要一些空間來思索色彩小偷。

「天啊，妳的制服，伊莎妳得趕快脫下來。去吧，上樓去換衣服。我正準備洗衣服，我會把它放進去。還有，把那隻狗帶到外面院子去，牠看起來髒死了。我可不想讓牠弄髒廚房的地板，我才剛清洗過。」

「可是牠需要暖和起來，需要擦乾身體，而且牠向來都是在廚房裡吃晚餐。」嚴格的管理已經開始了。

「好吧，把牠的晚餐放進牠的碗裡然後拿到外面去。我等一下把牠的腳擦乾淨，然後牠可以進到屋子裡待一整晚。」

「爸爸呢？」

「他在醫院裡，親愛的。他可能會在那裡多待一些時間。」

我不確定我為什麼還要問。爸爸每天都去醫院，已經去了四十天。昨天上數學課時，我算出來媽媽已經在那裡將近六個星期，或將近一千個小時。爸爸以前曾經每天早上都問我要不要跟他去醫院，而每天早上我都假裝沒有聽到。過了一陣子，他就不再問了。

事實是，我不能。我不能忍受看見她這麼蒼白、脆弱、一動也不動的樣子。去看過她一次以後，現在不去看她比從來沒去之前更加的難受了。全都是我的錯，而我無法向爸爸解釋，所以我只能完全逃避這件事。或許他會因為我沒去而生我的氣，但他什麼也沒說。

「我馬上出去買東西，你們的冰箱裡幾乎什麼也沒有。」琳恩姑姑說。

「我前幾天買了牛奶和麵包，還有上星期買了蔬菜……」我開口，然後自動閉嘴，因為愈說愈心虛，想起了那根長鬚的胡蘿蔔。她是對的。

「說實話，我不知道你們的日子怎麼過的。我是說，如果我住在這裡……」

可是妳不住在這裡，我心裡想。而且妳不瞭解這裡的情況，我們一直很努力的過日子，爸爸和我，我希望有人能認可這件事。

我從琳恩姑姑身邊走開，讓她去寫她的採買清單。我拿了一條舊毛巾擦乾麥羅的身體，然後放牠去院子裡。

「對不起喔。」我在牠柔軟的毛耳朵旁小聲的說。

我把牠抱起來，放在院子裡的秋千搖椅上，因為牠很愛坐在上面。那是我最喜歡的角落之一。我會橫躺在上面，讓它輕輕的從左到右來回擺盪，看著上方那完美無瑕、寬廣無邊的天空。我可以陶醉在夏天永無止盡的蔚藍裡，或觀賞秋天的雲形成各樣的圖案。有一次，我甚至用媽媽的手機拍下一張雲的照片，照片裡的圖形看起來就像是正在跳躍的麥羅。在清澈的

夜空下，我可以辨認出所有主要的星座：北斗七星、獵戶座和巨蟹座。

今天，天空是灰色的，不過我還是坐下並調整成最舒適的姿勢。在左邊的扶手上有一塊暗沉的黑影，我知道那是我們的手臂造成的——媽媽的和我的。我們喜歡擠在這裡，媽媽在左邊，我在右邊，她會拿著素描本畫圖。有時候畫的是夢裡出現某個抽象的東西，有時候畫她看到的，例如：八月下旬在院子角落裡盛開的向日葵，或鄰居的貓在草坪中央睡覺，有時候她會畫我的速寫。我一邊看書或聽耳機一邊看著她作畫，沒有比那更令我感到平靜或快樂的事情了。

那塊黑影讓我對她的想念無比的強烈，我斷然站起身、走進廚房。

「我想去看她，」我告知琳恩姑姑。「能請妳開車載我去醫院嗎？」

她停下寫到一半的採買清單。

「不然我也可以自己走去。」

「不，我載妳去，順便去買東西。」她沒有嘆氣或發出任何不悅的聲音。她立刻拿起外套和汽車鑰匙，我們就出門了。

我隔著玻璃看見爸爸。他坐在床邊，用他的兩隻手握著媽媽完好的那隻手。我可以看見他在講話，雖然我聽不見他說什麼。我看見他輕輕撫摸她的臉頰，就像他以前常常做的那樣。以前每次他回家時都會靠近她要親一下，她有時會躲開，笑呵呵的說：「不要用你的鬍子癢我啦！」我有點期望她現在也這樣做，但她只是一動也不動的躺在那裡，一動也不動。然後，爸爸看見我了，他對我微笑並招手要我進去。

「我很高興妳在這裡，」他說。「來跟妳媽說說話。醫生說跟她說話，她的潛意識有可能聽見我們講話。有時候像這樣的一些小事情，可以幫助……這種狀態的人。」

我用力吞嚥一下，我感覺喉嚨很乾。我張開嘴，可是無話可說，我覺得自己好像被要求在觀眾面前表演，卻沒有事先拿到任何劇本。

「我去外面等。」爸爸說，打破停滯在我們之間的沉默。「我知道妳可能想要單獨跟她在一起。」

我跟媽媽一起在她的病房裡，兩天內第二次。心臟監測器的嗶嗶聲無情的響著，它響著是好事，我在腦子裡不斷的重複告訴自己，是好事。

我有好多事情想告訴她。照理說她會是第一個知道我認識了托比的人，我覺得我不應該沒告訴她，就先告訴爸爸和琳恩姑姑。還有，學校的角色甄選讓我很害怕，我到此刻才明白自己其實有多害怕；我覺得我上了臺以後，會讓大家覺得我很平凡無奇，很無趣，很……灰色，就像媽媽在還沒上顏色之前所畫的那些只有輪廓的人形，或者，就像色彩小偷留下的那些圖像。在戲劇演出裡，沒有比無趣更糟的了。

「媽，我很害怕。」我小聲說。

我握住她的手，手的溫度比我預期的溫暖，鼓勵了我繼續講下去。「我不知道怎麼演馬克白。露露不希望我演，她明明知道我已經期待了好幾個月，雖然我的確把甄選忘得一乾二淨。其實就算她沒有說那些話，我也已經沒把握自己還能不能演得好。那是一個很重的角色，我知道一定有很多人會表現得比我更好。」

我非常非常希望聽到她說，「小傻莎，妳胡說些什麼啊？妳一定會很棒，妳自己知道的，別管別人怎麼說。」然後，我希望她摸摸我的頭髮並且說，我應該在她面前練習那段最難的臺詞。

我在腦子裡想像她說了那些話。我站起來並閉上眼睛。「好喔，媽媽。」我開始說臺詞：「洗掉！洗掉這該死的血跡……」我勉強說出這幾個字，當我的眼睛張開，看見眼前的現實：她閉緊雙眼躺在那裡，面無表情。

我做了什麼？然後，火紅的憤怒開始在我裡面沸騰，因為，她當然一點反應也沒有。我以為，我可能至少會有一點感覺，她的建議會滲透到我裡面，然後我會明白該怎麼做；可是，什麼也沒有，只有可怕的憤怒火燄以雷霆萬鈞的力道壓垮我。尖銳的嗶嗶聲在我的腦子裡愈來愈響亮。我拿起我的外套，快步走出去。

第八章

我們一回到家，我就進到我的房間裡。我躺在床上，試著把媽媽在醫院裡的景象趕出我的腦袋。我想到托比和天鵝，然後漸漸的，漸漸的，感覺比較平靜一點。我們會找到毛頭並且幫助牠，不知為何我確信我們會做到。麥羅慢慢的走進我的房間，在床腳安頓下來，就在我的腳邊。

我起身走向大書架，拿出媽媽那本破舊的《馬克白》，我記得我用爸爸的「大象專案」的宣傳手冊，標記了馬克白夫人夢遊的那幕戲。我沒有為了角色甄選而專心背誦臺詞，我拿起手冊，開始翻閱它的內容。

「某些文化幾千年來一直視象牙為奇珍異寶，而許多大象因此被殺害……」我讀著上面的文字，「去年有大約兩萬頭大象因為牠們的牙而被殺死。」

我瞪著記載的數字嚇壞了。不可能是真的吧？可是爸爸從來不說謊，我相信他，我無法想像有人會要殺害這些美麗的動物。我看到一張象媽媽和牠的寶寶的照片，牠的眼睛周圍有好幾道很深的皺紋，牠看起來好像在笑。

我打開書桌的抽屜，拿出紅色的文件夾。我著急的翻找，擔心自己有沒有不小心丟掉了，幸好沒有。我十歲生日時，媽媽做了一張大象圖案的卡片給我。曾經有一隻大象在野生動物園裡吃我手上的東西，從此以後我就迷上了大象。爸爸以前告訴過我，牠們的處境有多麼危險，同時意味深長的看著媽媽，原來那時他已經跟賽門商量過要成立「大象專案」。現在，我手裡拿著她為我畫的卡片，她用粗黑的鉛筆把每一道皺紋都仔細的畫在大象的皮膚上。

我看著卡片上的大象，看了很久，才把卡片小心的放回紅色文件夾裡。

她在我身邊的每個地方，卻又遙不可及。

半個小時以後，我在餐桌旁坐下，發現我沒法談她的事，雖然我感覺到爸爸很想這麼做。於是，我開始談起托比。

「他搬進梅森家的老房子？」琳恩姑姑問。她堅持要我們坐在泰莎奶奶的餐桌旁吃晚餐。「終於喔，是吧？那裡空好多年了。不過，他們要做很多整修吧。那房子簡直就是廢墟。」

「他是個好孩子嗎？這個叫托比的。」爸爸問。

「是，是。」我說，一邊把一大捲琳恩姑姑做的波隆那肉醬義大利麵送進我的嘴裡。自從奶奶離開以後，我就沒吃過這麼好吃的東西，我吃完一盤時，爸爸和琳恩姑姑的盤子裡都還有一大半。

「那很好。」爸爸說。

「妳在學校方面應付得怎樣，伊莎？」琳恩姑姑問，她的眉毛聚集在額頭中間表現關心。這是個正常的問題，可是我卻感受到她聲音裡的同情。

「我應付得很好。」我冷冷的說。他們難道不能有幾分鐘的時間講些其他的事情嗎？他們看不出來那才是我想要的嗎？

「妳都有好好做功課吧，親愛的？有沒有什麼需要我幫忙的？」

「沒有。我沒問題。我馬上去做。」

「很好。」琳恩姑姑說。「妳今天上了哪些課？」

我只想上樓去，可是他們都還沒有吃完，而我不想太沒禮貌。

「嗯……英文、歷史、美術……」

「美術？」爸爸問。「你們的美術課上什麼？」

「我們正要開始一個新的單元，李亞老師還沒有告訴我們那是什麼。我們只能先猜測，他給了我們兩條線索。很顯然，我們要學習認識一位藝術家，他最關心的主題是夢，他畫了很多鐘。」

「達利。」爸爸說。

「達利？」

「薩爾瓦多．達利，《記憶的永恆》。」他的眼睛發亮。

「真的嗎？什麼是「記憶的永恆」？」

「是一幅畫的名稱。妳以前一定看過。是達利的代表作，畫裡有好幾個軟軟的鐘，我總是被那些鐘深深吸引。它們很怪異，同時也很準確。」

「什麼意思？為什麼準確？」

「因為它們表現出時間的相對性。這裡，給妳看。」他拿出他的手機，找到那幅畫在螢幕上顯示給我看。他說的沒錯，我以前的確看過，雖然我不記得是在哪裡看到的。

琳恩姑姑一邊收盤子一邊從我的肩膀上方瞄了一眼，並忙著用抹布擦掉我們的水杯造成的好幾圈漬痕。「不知道為什麼取那個名稱？」她說。

「對我來說，很簡單，」爸爸回答，眼睛一直盯著圖片。「因為有時候你的記憶經常跟著你，不管你想不想要。時間一直過去，鐘向前走，可是你停滯在原地，你那個沒有用的、軟掉的鐘總是顯示同樣的時間。即使你以為你終於逃脫了，但你的記憶總是可以追上你。在你最沒有料想到的時刻，它們就突然出現了。」

晚餐後，爸爸跟著我進到我的房間，他還帶了麥羅來，完全違反琳恩姑姑的規定。

「妳好嗎？小傻莎。」他問。他在我的床沿坐下，麥羅在他的腿上。

「還好。」我說。「你呢？」

他露出感傷的微笑，將目光轉向壁畫的方向。我等著他說些什麼，可是他的表情沒有變化。很顯然，他看不出畫上有些色彩消失了。我覺得比以前更寂寞了。

「可以更好吧。」

我抓緊他的手，將我的頭靠在他的肩膀上。

「我一直最喜歡那張。」他說，手指著我的一張照片，那是我扮演長髮飄逸的茱麗葉站在陽臺上往下看。在我演過所有的角色中，那是我最喜歡的角色。

「那頂假髮弄得我好癢。演完過後好幾天，我還覺得很癢。」

「我記得。妳一直抓個不停，我們還以為妳可能有虱子。妳媽幫妳找了一款特別的洗髮精，對不對？」

「是啊，然後麥羅把它打翻了，味道好可怕喔。」

「嘿，妳沒有放棄演戲吧？」他問。「妳知道的，不只是我一個人覺得妳絕對是非常『彩色』吧！」

我笑起來。那是很多年前，爸爸看我演第一齣戲的時候發明的說法。他不確定要說非常精彩或出色，於是他把它們混在一起，這個說法就一直留下來了。

「妳知道我仍然是妳的頭號粉絲吧。看看所有這些演出，我在妳這個年紀的時候，只能勉強在聖誕劇裡湊一個小角色，希律王的僕人。我連臺詞也沒有，只是托著他的袍子。妳真的很有天分，妳知道吧，不要浪費了。」

他當然不是我的頭號粉絲。我知道那是媽媽的角色，不過，那讓我感覺好很多。他離開房間以後，我一直想著他說的話，想了很久。

我也又想到了露露說的話，不過那些話現在好像起不了作用了。我不再在乎潔米瑪是「半專業」的演員，我要努力爭取演馬克白夫人！

第九章

我呼吸到難聞的、令人窒息的熱氣。它們充滿我的體內，在胸膛裡擴散，伴隨著逐漸蔓延的恐慌。淚水模糊了我的視線，我掙扎著想要看清楚周圍，卻只看到黃色和橘紅色，籠罩在許多灰色底下。我的手無助的在那些顏色中摸索，像在盲目探險。

「不要往右看！」

可是我沒有聽他的話，我往右邊看，立刻後悔了。

因為右邊除了一片紅色什麼也沒有，只有紅色和痛苦的空無。

「不要看……！」色彩小偷大叫，可是他太遲了。

3：57 a.m.

「妳準備好了嗎？」我一到教室，法蘭克就問我。

我搖搖頭。今天早上我想過再練習一遍我的臺詞，可是壁畫占據了我的心思。剛醒來時什麼也不記得，愉悅的幾分鐘過去後，我睜開眼睛，被打回現實。藍色，我穿的茱麗葉戲服上的皇家藍消失了，還有剪頭髮那幅圖裡的藍色天空，裝我的乳牙的藍色小袋子和仔細描繪的海軍藍繩索，它

們的藍色通通不見了。藍色隨著黃色和綠色離開了，可怕的空白正侵襲我的牆壁。

我下床時覺得兩條腿很虛弱，不過，我很努力把色彩小偷從我的腦子裡趕出去。馬克白夫人比較要緊。

「我已經放棄巫師角色了。」法蘭克繼續說，沒有注意到我的驚慌。「太辛苦了……說不定我可以退出這整件事情，假裝生病好了。我特別擅長演食物中毒發作的樣子。對了，說不定我可以演那個叫班科的傢伙？妳知道，就是馬克白殺死的那個人。」

他開始抱著肚子，發出嘔吐的聲音。接著，他很戲劇化的倒在地上，翻來滾去的撞到幾張桌子。我沒理會他。我是不是在欺騙自己，相信我有機會被選中？有太多理由可讓我放棄嘗試了。

「喂！」去大會堂的途中法蘭克喊我。他滿臉通紅的遞給我一張折疊起來的紙，我把它打開，原來是一張照片，有一個人穿著波浪形的長披風站在舞臺上，身邊有一大堆人包圍著她，他們的嘴都張成大大的O字形。

「他們為什麼嚇成這樣？」我小聲問他。

「不是啦，他們很驚嘆妳演得那麼棒。」

他沒有機會再多做解釋，因為溫奇老師宣布：「好了，審判日到了，角色甄選會開始！」有一些人歡呼，不過很快的就被更多人的呻吟抱怨給淹沒了。

「首先，有誰對任何角色都沒興趣，想要參與燈光、道具或場景設計的，請舉手？」我幾乎就要把手舉起來了，不過在最後一刻制止了我自己。溫奇老師引導那些不想參加甄選的人到大會堂的一邊，把他們分成幾個小組，教他們做跟這齣戲有關的各項工作。法蘭克似乎覺得剛才假裝的痛苦翻滾還不夠，他不知從哪裡弄來一包假的血，正忙著咬它。

其餘剩下的人依照各自想演的角色分別開來。潔米瑪意味深長的看了我一眼，嘴角掛著似笑非笑的表情。

我現在注意到她們坐在一起並小聲講著悄悄話的樣子，看出了她和露露的相似之處。她們簡直就像一個模子出來的，擦得晶亮的高跟鞋，筆直的長髮和嘲弄的表情。她們甚至有相同的豹紋手機外殼。

或許我應該更早察覺到露露計畫把她最好的朋友換成潔米瑪，徵兆早就出現了，是我一直沒注意。

溫奇老師回來了。「我要你們唸『洗掉！洗掉這該死的血跡！』那段臺詞，馬克白夫人發瘋了，一直覺得所有她說服她丈夫殺死的人的亡魂纏著她不放。你們可以稍微預備幾分鐘，然後我要你們輪流在大家面前演出。」

我已經背下了整段臺詞，可是我的腦子現在就像我房間牆壁上消失了綠色、黃色和藍色後留下的一片空白。我絕對不可能做到的。

法蘭克從人群裡擠進來，在我旁邊坐下，輕輕的捏了我的手一下。然後我看見夢娜把手指交叉在背後朝我示意。突然間，我以為我已經忘光的臺詞全部重新在我的腦子裡按照順序排列整齊。

諾拉，這學期才轉來我們班的一個瘦高的女孩，是三名馬克白夫人候選人中第一個上臺的。我看得出來，她很快就後悔嘗試這個角色了。她拿著臺詞的手不停的發抖，一直唸得結結巴巴而必須重複好多次。她結束後，坐回觀眾席裡，把她的頭埋在手掌心。我的胃糾成一團，想像自己再過幾分鐘以後就會像她這樣。

下一個是潔米瑪。她唸得很有氣勢，並充滿自信的在臺上走來走去，她的眼神渙散就像發瘋的女人，她激烈的洗刷雙手的樣子使我的背脊發涼。毫無疑問的，她受過很好的訓練。溫奇老師讚許的點頭，瞇著眼睛，邊看

邊寫筆記。她演得很好，難以超越。

時候到了。我走上臺時，閉起眼睛。我感覺體內血脈賁張，然後有一個想法逐漸鑽進我的心裡。我們其實很像，真的，馬克白夫人和我。我們都做了可怕的事，非常壞的事情。而且，我們都因此受到懲罰。馬克白夫人和她的血跡，我和媽媽。不知不覺的，我開口了，不確定那是我自己的聲音或是馬克白夫人的。罪惡的感覺從我的口裡宣洩出來，觀眾在我的眼前消失了，周圍環境突然變得很安靜。我說著說著，心頭隱約浮現一個記憶……以前的記憶。是去年戲劇表演謝幕時，媽媽坐在前排的座位上，激動不已的鼓掌。

我抓緊這個記憶不放，定睛在媽媽臉上的驕傲。我可以觸摸到她，我可以。不知不覺的，我講完了。

大約一秒鐘靜默之後，全場迸發最熱烈的掌聲，是我聽過最大聲的一次。哈普發出讚賞的口哨聲，夢娜朝我舉起雙手的大姆指。

「天才！」法蘭克大喊。許多坐在後排的女生紛紛起立鼓掌，而溫奇老師看起來好像快爆炸了。

「了不起，伊莎！太了不起了。」

我還來不及明白發生了什麼事。我靜靜的走回我的座位，坐在我後面的人都來拍拍我的背。我聽見有些女生說我真的把她們嚇到了。

「安靜，大家安靜！」溫奇老師下命令維持秩序，可是全班安靜下來的那一刻我就清楚的聽到露露對潔米瑪說：「讓給她吧。反正她是人生失敗組，她的人生只剩這一件事情可以期待了。」

就在這時，整個世界在我的眼前危險的傾塌了。

第十章

我回過神來，發現自己和露露站在校長室外面，而溫奇老師在裡面一直沒出來。我們的校長被大家稱為「士官長」，因為她那頭整整齊齊的灰色短髮很像一頂鋼盔，再加上總是一板一眼的人生態度。溫奇老師進去校長室，留下我和露露兩人無助的盯著地板，我拼命告訴自己不要生病。我知道我對她做了很糟糕的事，可是我不敢抬頭去確認到底是什麼事。

我從來沒有進過「士官長」的辦公室，可是我聽過很多傳聞，關於那些進去過的人。有一回我在學生餐廳無意間聽到一個十一年級生說，她罰他三個星期每天午休勞動，叫他在冷死人的氣溫下去無板籃球場清掃垃圾；她還堅持要他在她面前打電話給他的爸媽說明他做的事情，然後他一整年就都被禁足了。「士官長」可不是開玩笑的。

我們兩人站在厚重的橡木門和那老式的銅門把外，感覺好像過了好幾個小時。我隱約聽見周邊教室傳來上課的聲音，而露露在我旁邊緊張的打嗝並且一直擦眼睛。終於，溫奇老師出現了，招呼我們進去。

跟我預期的一樣，「士官長」的辦公室裡充滿一種無懈可擊的秩序感。她和琳恩姑姑肯定會一見如故。

在這個房間的一邊有一張深色的木桌，桌上有許多文件和卷夾疊得整整齊齊，沒有一絲凌亂。兩臺電腦螢幕面對面，都是標準的四十五度角。我從眼角瞄到一枝金色鋼筆穩妥的擱在一個特別的絲絨布盒裡，我想像「士官長」用她粗大的手指抓起筆來，快速的在留校察看和退學的公文上簽名。

我努力在腦子裡驅逐這些念頭。

我坐在其中一張完美的皮椅上，發現椅面已因承受過許多身體的重量而有些微的凹陷。

露露和溫奇老師坐在我對面的米色沙發邊緣，各自盯著地毯上不同的地方。地毯的圖案在我們的腳下彎來彎去，使我覺得暈眩得很不舒服。我做了什麼？我試著捕捉露露的眼神，她終於抬起頭看我。她的臉仍然通紅。她受傷的模樣，讓我覺得很難過。我吞吞吐吐的說，「對不起。」可是她刻意把頭轉向別處。

「士官長」傾身向前靠著桌子，手指交握。近距離看她，比平常看起來年輕一些，但還是跟我預期的一樣令人害怕。

「發生什麼事？事實，我要知道的是事實。不要情緒，只要事實。」

「伊莎蓓推露易絲，害她向後摔倒，摔進道具服裝間裡撞到頭。」溫奇老師簡潔的說。

我忍不住倒抽一口氣。

「士官長」圓圓的眼珠子瞪著我。

「伊莎蓓？妳到底在想什麼？」

露露的右上臂有一片紫色傷痕，頭的一側凸起一個像李子大小的腫包。道具服裝間位在舞臺下方大約幾公尺遠的地方，她一定是撞到什麼尖銳的東西，比方像溫奇老師的桌角之類的。到底是怎麼發生的？我怎麼完全不知道自己做了什麼？

「我很對不起。」我喃喃的說。「士官長」鋼盔般的頭髮遮住了一邊的深色眉毛，我無法看出她的表情。

「妳為什麼那麼做？」

「我不知道。我不……我想不起來。」

「她被露易絲說的話激怒了。」溫奇老師說，並看了露露一眼。

「露易絲，妳對伊莎蓓說了什麼？」

露露縮了一下身子，不過還是沒說話，我看見她的背部肌肉很緊繃。

「她說伊莎是人生失敗組，還說伊莎的人生沒有什麼可以期待的。」溫奇老師準確的報告，因為顯然露露並不打算開口。

巨大的沉默充滿整個房間。

「士官長」長嘆了一口氣。她拿起鋼筆在手指間旋轉。

「露易絲，妳受傷嚴重嗎？」她終於發問。

「沒有。」露露說，她的下唇顫抖。可是，當我注意到那紫色的傷痕一直往下延伸到她的手肘，我的罪惡感更重了。

「去給庫柏護理師檢查妳的情況是不是沒問題，或許妳就可以跟溫奇老師回到妳的課堂去。」她果斷的說。「放學以後請妳回來這裡見我，我覺得有些事妳跟我需要好好談一談；同時，我會打電話給妳的母親。」

「拜託妳不要……」露露開口，但講到一半就打住了，在「士官長」的注視之下。「士官長」瞪大眼睛逼視露露的臉，像看她還敢不敢繼續講。

「妳在說那些話之前就應該想到了，露易絲。」

門在他們身後關上時，我發現自己更往座位裡縮進去。不知為何，我不禁開始好奇「士官長」有沒有自己的小孩，而如果有的話，他們是不是也這麼怕她。「我很抱歉。」我說，「我不應該推她。我不知道我怎麼回事……我說實話真的甚至不知道自己……」

然後，我卻聽見了我完全沒有料想到她會說的四個字，「不用道歉。」

「蛤？」

「妳聽見我說了——我一般不太會說這種話——不用為妳的感覺道歉。的確，妳不應該對露易絲動手，雖然她大概是活該。相信我，在人生裡妳經常會遇到有人對妳說了不該說或做了不該做的，而他們活該有報應。不幸的是，妳並不會因此就被允許去推倒或打他們。然而，妳絕對有權利感覺生氣或憤怒……考慮到最近發生在妳身上的事情，妳表現得非常勇敢，有人像露易絲這樣說那些難聽的話，當然會讓妳很火大。」

我的臉像在燃燒。我有點寧願她大罵我一頓、罰我一整個月的勞動服務、叫我站在所有學生面前，為推倒露露而道歉。任何情況，都會比現在好。可是我終於明白了，這個最嚴格、最講究紀律的女人會變成這麼柔和，是因為她覺得我很可憐。

「我很好。」

她繼續看著我，她的指甲輕輕點在桌面上，形成的節奏彷彿來自迷你的行軍隊伍。

「伊莎蓓，這是露易絲第一次對妳說這麼傷人的話嗎？」她很謹慎的迎向我的目光。

「是的。」雖然這當然不是真的，但是我只想要讓這場談話愈快結束愈好。

「如果它再發生，我要妳直接向我報告，妳聽到了嗎？」

「我會。當然，我會。」

「嗯……妳過得還好嗎？」

「好！」我回答。脫口而出的話，出乎我意料之外的大聲，雖然我已經極力的使自己聽起來很平靜。

「那好，伊莎，回去上課吧。」

我點點頭，仍然不敢相信自己竟然這麼輕鬆的脫身了，不用打電話給爸爸，也沒有要帶回家的信，什麼都沒有。

然後，我再次站在校長室外面的走廊上，不確定接下來要做什麼。

第十一章

我漫無目的走著，我沒法回教室去上課，在馬克白夫人這麼戲劇化的事件之後。於是我去校務室，告訴他們我身體不舒服，我想要爸爸來接我。我想要告訴他所有的事情——我的惡夢、露露、壁畫、神祕色彩小偷，還有所有發生的事情都是我的錯。爸爸會理解，而且他會知道該怎麼辦。我耐心的等待他來接我，但是他沒有來。

來的是琳恩姑姑，她大驚小怪嘮叨著我的身體狀況，檢查我的額頭有多熱。

「我爸呢？」我們一出校門，我立即問她。

「他在家裡，親愛的。他在休息，他得休息一下。有時候我真不知道哪一樣對他比較好，是讓他去忙工作還是要他暫時停止工作。總之，他已經去過醫院了。他現在應該在睡覺。」

我一言不發的跟著她走向她的車，故意坐進後座，因為我以為不坐在她旁邊就可以讓她少問我一些問題。我很快就發現我的策略根本無效。

「妳今天過得怎麼樣？」她從後照鏡裡看著我問道。

「還好。」

「妳從什麼時候開始覺得不舒服？」

我很想說，「四十天又大約四小時以前」，不過我沒有。琳恩姑姑沒有放棄，繼續從鏡子裡注視著我。她那麼專注的看我，讓我很擔心她沒有好好留意前方的路況。

「大概是中午，」我終於回答，「吃過午餐以後。那時候很不舒服，不過我會沒事的。」

「喔，當然，妳會沒事的。妳和妳爸爸都會。不過，那並沒有讓現在變得比較輕鬆，不是嗎？」

「嗯。」遇到這種情況，回答愈簡短，愈好。

「對了，我早前載你爸出門的時候，遇到了雪莉，妳的朋友露露的媽媽。」

我倒抽一口氣，然而琳恩姑姑沒有發現。假如她是在早上遇到雪莉，那時她還不可能知道角色甄選時發生的事情，不過我還是很緊張。

「她有說什麼嗎？」

「她說她覺得妳和露露最近關係不大好，她猜想是露露的錯。我想她覺得很難過。她有想要解釋，她說露露不是很擅長面對……」

「我不在乎。」我突然打斷她的話，太突然了以至於琳恩姑姑的右腿震動了一下，使她踩了煞車，而我們後方的汽車駕駛猛按喇叭。我們兩個人直到抵達家門口以前都沒有再說任何一個字。

我望向車窗外那些陰沉的樹，秋天的樹葉，一簇一簇的紅色和橘紅色，在冬天來臨前緊緊抓住活命的機會。我的視線落在一對鳥兒身上，牠們像黑色的V字圖形飛過天空。

回到家，麥羅跳到我身上歡迎我，並不停的吠叫。

「有帶牠出去散步過了嗎？」我問琳恩姑姑。

「牠有在院子裡跑了一會兒。說實話，伊莎，我今天一直忙還沒空。我去買東西，然後……」

「我可以現在帶牠出門嗎？」我打斷她的話，我很清楚自己想去哪裡。

「妳的身體不舒服啊。妳為什麼不先躺下來休息一會兒，要不我幫妳泡一杯薄荷茶舒緩一下妳的胃？等妳好一點以後，妳隨時可以帶牠出去。」

糟糕！我完全忘了我的謊言。

「我已經比之前好很多了。」我即興演出。「我需要一些新鮮空氣。」

她猶豫的看著我，然後嘆了一口氣。

「好吧，如果妳這麼想的話……帶牠出去走一下子，要注意不要走太久，記得帶鑰匙以防我們在妳回來之前出去了。我三點鐘要帶妳爸去看醫生。」

「看醫生？他怎麼了？快跟我說。」我要求。「他生病了嗎？」

「他不是身體生病了，伊莎蓓。他只是一直感覺很低落，我想妳也知道。我相信去看醫生對他有幫助，真的。」她說，她的聲音遲疑了一下。「我在想等一下來做肉丸子，妳去我們家玩的時候最喜歡吃肉丸子，今天晚餐吃這個妳覺得怎麼樣？」

「好啊，那很好。」我說。我抓起鑰匙，為麥羅套上繩索，出了家門的那一刻，我就覺得好很多了。我當然有點擔心爸爸，可是如果他和琳恩姑姑的心思都在別的事情上，我應該不要告訴他們在學校裡發生的事情。

我直接去托比家。

有一個女人來開門，她有一頭捲翹的金髮。她的兩頰布滿點點的雀斑。

「妳一定是伊莎。我是安娜，托比的媽媽。托比跟我說了很多關於妳的事。進來吧，他剛好在後面房間做功課。」

她拍拍麥羅的頭，沒有說牠必須留在屋子外面。我立刻喜歡上她了。

「妳想不想吃東西或喝杯茶？」

「不用了，謝謝。」

「抱歉，廚房裡亂七八糟的。我們今天上生物課，研究細胞的結構。

我們用屋子裡不同的東西做出一個人類細胞和一個植物細胞，大部分是廚房裡的原料。」

「嗨，」托比說，我猜他大概是從他的臥房裡出來。我注意到他的大腿上有個紅色的、搖搖晃晃的東西。「這是紅血球細胞。」他大聲說。「確切的說，是一個可食用的巨型紅血球細胞。是用果凍做的。妳知道紅血球細胞沒有細胞核嗎？」

「很好。」安娜回應。「它們為什麼重要？」

「它們在身體裡運送氧氣。一般人體裡大約有三十兆個，很嚇人吧，是不是？人的身體裡竟然有這麼多紅色。」他的話突然使我的胃緊張的抽痛起來，它們觸動了一個記憶。

「就是啊。」安娜表示同意。「還有許多其他的顏色——紫色的器官、呈現藍色的靜脈、各種不同顏色的皮膚……人類的身體實在是多采多姿。」

「你要不要跟我一起帶麥羅出去散步？」我問托比。

「好啊，我可以晚一點再做這個。」他說。「我保證我會幫忙清理，我們只是需要確認一下毛頭是不是沒事。」

「你可以去看牠，」安娜說，「可是，托比……」

「怎樣？」

「拜託不要再下去河裡，你上次真的是很幸運。我聽說那裡的水流有時會很可怕。不要放開麥羅的繩索，牠就不會亂跑。你們要小心互相照顧。」

「我們會的。別擔心。」

「你媽媽很棒耶，你知道嗎？」我們走到外面時，我對他說。

「是啊，她很不錯。我可能太少告訴她這件事了。」

他的話促使我思考。因為，事實上，我的媽媽也很棒。我從來無法完全知道她的腦子在想什麼，那使我更喜歡她。有些人叫她不要去學校工作，因為那帶給她太多壓力，而且薪資又不多。像婕米外婆就會一直說個沒完沒了。

有一次她又這麼說，我以為媽媽會像平常一樣打哈哈然後改變話題（她從來都不喜歡太過嚴肅），可是她停下手邊的事，激動的看著外婆。

「假如我不是真的很愛那份工作，妳覺得我會去做嗎？」外婆很意外的被媽媽的反應嚇到了。她從此再也不提這件事了。

想起這段往事讓我確定托比一定也會喜歡媽媽的，他們會相處得很愉快。我幾乎要開口問他是否想要認識她，不過，最終還是打住了。

可能是因為我有一點嫉妒，因為他可以告訴他的媽媽所有的事。安娜知道麥羅的名字，還有關於毛頭的一切。托比一定告訴了她關於他的救援行動，即使他知道那可能會使她加倍的擔心。我什麼都還沒有告訴爸爸，至少沒有說到細節。我很想告訴他，可是我想跟他講話的時候，他總是在醫院裡，而就算他不在醫院裡的時候，他的腦子裡裝滿了媽媽的事，根本沒有多餘的空間去想別的了。雖然他其實無法做什麼，我們都無法做什麼。

我們穿過巷子走去河邊的路上，那種什麼也不能做的無力感在我的腦子裡愈來愈強烈。「我一直對毛頭很有信心，可是現在，我突然開始擔憂了。」我向托比承認。「牠那麼弱小又無助。上次為了救麥羅，我們根本也沒機會把食物給牠。」

「牠是很弱小，」托比回應我。「可是妳不能直接就假定牠做不到。」

他聽起來很生氣，我驚訝得停下腳步。

「你還好嗎？」

「嗯，好，」他喃喃的說。「我為什麼會不好？畢竟，那只是別人以為的我。」

「以為的你？」我不明白。

「大家很輕易就認定我不能做什麼。可是我能——比妳想像的多很多。我大可以選擇電動輪椅，可是我沒有，我推著我自己到處走，不是嗎？花了我很長的時間鍛鍊肌肉的力氣，可是我做到了。即使我陷在泥巴裡，或我的肩膀痛，或我拿不了我想拿的東西，我還是用力推我自己。是，我有時需要幫助，可是每個人都一樣。毛頭現在需要幫助，可是那並不表示牠永遠無法照顧自己。」

他開始飛快的轉動輪子朝河邊去。在令人驚駭的一瞬間，輪椅撞到一塊石頭彈起來，我以為我會看見托比飛起來、掉進河裡。幸運的，它平衡住了，然後停下來，輪子插入岸邊的泥巴裡。

「你瘋了嗎？」我大叫。「你媽剛才怎麼交代的？你像神經病一樣跑那麼快做什麼？你有可能掉進河裡啊！」

我看見托比臉上驚魂未定的表情，他也知道剛才很驚險。

「對不……對不起。」他說。「我有時候還是會忘記，我不能跑，就算我很想。」

我在廂型車打開的地方坐下來，看著他。我想像他坐著輪椅，無法移動他的雙腿。

「我沒辦法瞭解那是什麼感覺，」我說，「我連試也不知道怎麼試。我知道你一定覺得很不公平。不過我也知道你能做很多事情。坐在輪椅上並沒有阻止你去救麥羅啊，對不對？我覺得如果是我的話，我一定做不到。我剛才說那些擔心毛頭的話，是因為有時候我會覺得我根本沒法做什麼，我不能改變任何事情。」

我一說完就很想把我的話吞回去，我怎麼能對托比講這種話呢？

他只是微笑的看著我，帶著感傷的微笑。

「我有時候幾乎寧願從來都不知道那是什麼感覺——妳知道，在那之前的。」

他的藍眼睛在眼鏡後面閃爍，這是第一次我覺得他不像平常看起來那麼大膽、什麼也不怕的樣子。這讓我更喜歡他了。

「真的嗎？如果真的是那樣，你現在會是一個完全不一樣的人。你可能現在就不會跟我一起在這裡……」

這時候，麥羅因為一直被繩索限制著而感到無聊，跳到了托比的大腿上，為自己找到一個舒適的位置。

「抱歉，我的舉動像一個白痴。」他最後說，露出淺淺的微笑。

「沒關係。那我們來找毛頭，好嗎？」我希望我們最偏愛的小天鵝還好好的活著。

我們在上次看見天鵝媽媽、天鵝爸爸和四隻小天鵝的地點找了一會兒。沒有看見牠們。

「你想牠們會不會搬到這條河的其他地方去了？」

「可能，不過更有可能是牠們去找食物了。如果是的話，我想牠們應該不會走太遠。」

「不如我去那邊看看？」我說，並指示方向。「你和麥羅往另一邊找找？最遠到橋那裡就好，假如你沒發現牠們，就回到這裡跟我會合。」

「好主意。」

討厭的是，開始下起了微微細雨，使這場搜索變得更困難——水，雜草叢生的岸邊，天空，全都朦朦朧朧的像一幅色彩流動的圖畫。

我察覺到寒冷灰暗的河水表面上有白色在移動，是天鵝爸爸和天鵝媽媽！牠們在那裡，緊緊跟在後面的是牠們的四個孩子。我悄悄靠近一點看，毛頭不在這支隊伍裡。我往好處想，或許牠只是動作慢，落在牠們後面，可是看了半天還是沒有任何其他浮動的跡象。

我的眼睛來回巡視水平面好幾分鐘，然後我開始往回走。托比不在我們預定會合的地點，於是我坐在岸邊等待。我的手不由自主的在大腿上抖個不停。

然後，突然，我瞧見他在很靠近河水的邊緣。

「伊莎！過來這裡。妳看！麥羅發現牠了，牠躲在草叢裡。」牠在那裡。毛頭顫抖著，很茫然的樣子，不過至少還好好的活著，藏身在兩堆草叢之間，牠很聰明的選擇了一個避風的位置。我長吁一聲，充滿感謝。過了一會兒我才想起口袋裡有萵苣，我立刻拿出一些，輕輕的拋向牠身邊的水面。我向麥羅示意要牠安靜，奇特的是，牠似乎不需要我告訴牠。牠很順服的在岸邊趴下去，靜靜的觀看。

大約過了一分鐘左右，這隻小天鵝寶寶決定要開始吃了。牠起先有一點掙扎，細小的喉嚨緊縮著，不過很快的牠就會把萵苣弄成適合吞嚥的碎片了。

「牠們要回來了。」托比小聲的說。我抬頭望見天鵝媽媽又出現了，帶著其他的天鵝。她的嘴裡含著東西，我還沒看清楚那是什麼，有一隻小天鵝就從她的嘴裡搶了過去。

當她來到可觸及毛頭的距離時，她將嘴貼近毛頭的嘴邊，嘗試著要將最後一點食物給牠，但這時出現拍動羽毛的聲音，是毛頭的一個哥哥想要介入。突然間，麥羅跳起來並朝著那隻貪心的小天鵝狂吠，把牠嚇跑了。

「安靜啦！」我對牠大喊，不過牠的舉動讓毛頭有機會吃完牠的食物。

「牠在保護牠耶。」托比說，一邊笑著揉了揉麥羅的耳朵。「這表示我們得一直回來這裡確保牠能吃到食物，至少到牠夠強壯能捍衛牠自己。我們需要的東西都已經有了。而且，妳知道嗎？」

「什麼？」

「天鵝非常聰明。我讀到的資料說，牠們會記得誰曾經對牠們友善，所以，希望以後每次我們過來，牠會認出我們。」

「你是一個天鵝怪咖。」我對他說，而我暗自希望他是對的。

我們檢查了一下，釣魚竿和兩袋萵苣都在廂型車裡仔細的擺放好。我把它們藏在角落裡，就算下雨了也不會受潮。我們離開河岸時，我已經開始期待明天再回到這裡。

第十二章

我感覺到冷冽的空氣撲面而來。黑影和煙霧散去，我突然被一雙強壯的手用力晃了一下然後舉起來，我可以清楚的看到皮膚——柔軟的、皮革般的褐色。我知道那是誰的手——黑影人，色彩小偷。我試著掙脫他的掌控，可是他用一樣東西強力蓋住我的臉。冷冷的、滑滑的，像玻璃面罩。

我開始急促的咳嗽，我的肺部充滿憤怒燃燒的火紅。我感覺它們在我的肺裡流動，極力要衝出我的喉嚨。我用盡全力掙扎抵抗他，我不要讓他偷走紅色。我不放棄，我瘋狂的踢腳，但他仍然強力的把面罩壓在我的臉上，壓得很緊，使它不鬆動。

5：54 a.m.

過了好一會兒，我的呼吸才恢復正常。我爬下床，悄悄走到窗邊。河的上方沒有月亮，整個世界籠罩在迷濛的黑暗裡。我勉強辨識出我們的廂型車的輪廓，我想到在它裡面騷動的甲蟲，我想到毛頭和托比。我把一隻手放在胸口，專心只想著正常呼吸，吸氣、吐氣、吸氣、吐氣。還很暗，不過我知道我接下來要做什麼。我拿起總是放在床頭櫃上的小手電筒，照向壁畫，我立刻看出竊案已經發生了。我有些意外自己鬆了一口氣，因為不是紅色。我扮演的茱麗葉嘴唇還是紅色。我和媽媽在醫院的那張照片，媽媽睡衣上的紅色也還在。只是，她的頭髮不是褐色了，一根一根柔軟的白髮環繞她的臉龐，使她看起來宛如幽魂。我數著還剩下的顏色，胃又開始不舒服了。紫色、紅色和黑色，我不能讓他偷走紅色，我很肯定！一旦紅色和紫色也消失了，就只剩下褪色的空白，「最黑暗的一天」的空白。

我鼓起勇氣讓一小束光照亮我們全家第一次正式的假期——在阿爾卑斯山滑雪，山邊的樹現在都是白色的，跟雪融合在一起了。媽媽一向很自豪她的法語能力，以為她可以跟那位負責滑雪學校的女士溝通得很好，可是不知為什麼，當時七歲而且從來沒有滑雪經驗的我，最後被分派到進階班。牆壁上的我穿戴著過大的夾克和帽子，正從山上一路搖搖晃晃的踏雪而下。

關於那次假期，我最主要的記憶是坐滑雪纜車時掉了我的滑雪板，媽媽和爸爸陪我一起在雪地裡蹣跚的走來走去，找了好幾個小時。我閉起眼睛，還可以感覺到冰凍的雪花掉進我的雪靴裡。

我看見藍色的滑雪板從我的雪靴上鬆開、脫落，在空中旋轉了好幾大圈，然後掉進下方白茫茫的雪地裡。然後，這段記憶突然中止了，無論我怎麼努力想都想不起來，我到底有沒有找回我的滑雪板。

我們最終找回它，或者是必須在當地的租借中心又拿一雙新的？我閉起眼睛，努力潛入記憶深處。但我的大腦太疲倦了，拒絕合作。

誰能幫助我？只有爸爸，他知道。我停下腳步，在走廊上猶豫著。他會生我的氣嗎？我一直沒有再去醫院，雖然我知道他很希望我去。然後，我記起那天他跟我談話說我很「彩色」，於是我躡手躡腳的穿過走廊，輕輕敲他的房門，沒有回應。我安靜的溜進去。

爸爸房裡的窗簾是打開的，街燈的光照進來落在他的床上。他躺在床中央，像一片海中的一座寂寞小島，房間裡聞起來都是琳恩姑姑最喜歡的洗潔劑的花香味。

我坐在床的邊緣，拉起被子。爸爸動了一下，一隻眼睛睜開了。我忍住笑。我很小的時候，會在半夜跑進爸爸媽媽的房間裡，要求他們唸故事給我聽。爸爸常假裝沒有聽見，不過他會忍不住偷偷睜開一隻眼睛，他的反應就跟現在完全一樣。

「小傻莎？」

「我找到滑雪板了嗎？」

他用手肘撐起上半身，在街燈的銀光下看著我。我等著他開口問我在說什麼事情，不過他只猶豫了一下子，嘴角往兩邊上揚露出大大的微笑。「有啊，我們找到了。花了好幾個小時，我都準備要放棄了，可是妳堅持我們一定要找到它才能回小屋去。妳不知道怎麼操作那種吊桿牽引索道。記得妳的腳懸在半空中嗎？妳看起來就像卡通裡那些掛在氣球上的小女孩。」

「然後你抓住我？」

「沒錯。」他揉揉眼睛。「現在幾點，小傻莎？妳怎麼起得這麼早？」

「我睡不著。然後，我想不起來那時發生什麼事。」

「噢，這樣啊……慢慢就會想起來了，記憶通常晚一點就出現了。」

「我知道，可是我想確定，爸……」

「嗯，小傻莎？」

「你放棄『大象專案』了嗎？」

「放棄？當然沒有。世界上還有那麼多動物我都沒見過，而牠們需要我的幫助。我還希望或許有一天妳會跟我一起去。」

「或許我可以……」

我看見他的眼皮又垂下來，我突然脫口而出，「爸，對不起。」

「為什麼？」

這是個好問題，有太多事讓我感到抱歉使我說出那三個字，而且即使我想試著用言語講給爸爸聽，我知道我做不到。

「我沒有每天去看媽媽。我只是……我不能……」

「我知道，嗯……沒關係的，不容易，妳需要依照妳的時間去做。」

我此刻比任何時候都想告訴他一切，問他關於色彩小偷的事。爸爸會知道該怎麼做，他會知道如何阻止他。可是，他的眼睛完全閉上了，而且一下子就睡著了。

我幫他把被子蓋好，然後悄悄回到我自己的房間。

「妳今天早上覺得怎麼樣？」琳恩姑姑問道。「妳睡得好嗎？」她還穿著睡褲和一件寬鬆的上衣，她的臉沒有化妝，看起來不大一樣——比較柔和。

「嗯。我醒來聽見樓下有玻璃碰撞的聲音。」

「不好意思吵到妳，可是我想在收垃圾的人來之前把這些通通拿出去。」她拖著好幾個裝滿的大回收袋穿過前門，有些還多加一層袋子以免裡面的東西撒出來弄得到處都是。它們的臭味很恐怖。麥羅在它們之間轉來轉去，聞了一個又一個。

「妳可以幫我一下嗎，伊莎？拿那些比較小袋的，可以嗎？」

我一次拿起三袋，可能太多了，不過我勉強自己把它們拖到前院。草地上的雜草都不見了，琳恩姑姑除過草了，甚至連媽媽種的薰衣草都仔細的修剪過了，她如果看到它們有被好好照顧一定會很高興。

「這些是從哪裡來的？」我指著地上的袋子問。

「後院。妳沒注意到有味道嗎？你們總共大概有八個垃圾袋在那裡，都沒有人把它們拿出去給人家收走。」

她用抹布擦擦手，然後改變話題。

「我出去買了一些巧克力麵包當早餐，我想妳可能會喜歡。海蒂和米克總是堅持每星期至少要吃一次。我跟妳說，現在他們大概吃得更多了，沒有我在他們身邊每天管控他們的飲食。不過，他們最近有好多模擬考，也應該要慰勞一下。」

她打開冰箱，冰箱已經被擦洗得很乾淨，見不到一根有鬚的胡蘿蔔。

「或許妳應該跟他們在一起……」我說，想到她花這麼多時間跟我們在一起突然讓我覺得很愧疚。

「他們跟湯姆姑丈在一起沒問題，我現在只想跟你們在一起。」她回答得很簡單。「我要拿這些瓶子去回收站，我想我可以順道載妳去上學，如果妳確定今天想去學校的話？」

很多瓶子排列在廚房的桌子上，一排一排的像小型的玻璃軍隊。有一些是又高又透明的酒瓶，不過更多的是或深或淺的褐色小瓶子。它們像是在提醒我最近我的壁畫發生的色彩失蹤案。

我上樓去整理書包並檢視牆壁，在白天的光線下，褐色的消失顯得更確定了。因為綠色已經不見了，褐色的消失改變了畫裡的氣候，原本蒼翠茂盛宛如春天的場景，現在都變成了冬天。然後，我往牆壁更靠近一點，從相隔僅僅幾公分的距離凝視它。看著看著，我漸漸明白，顏色還在那裡，

雖然只有很淡的痕跡。就像是有人拿海綿按壓它，企圖偷走它的能量和精神。可是為什麼？為什麼色彩小偷想要我的色彩？

我今天晚上一定要問爸爸，我已經延遲得夠久了。

高亢的口哨聲劃破空中，我趕忙到窗戶邊，看見托比在河岸向我招手。我看不清楚他的表情，不過我感覺他很興奮。

我跑下樓時，琳恩姑姑還在屋子外面，百般嘗試著要把所有的瓶子塞進回收桶裡卻沒成功。

「我走路去。」我對她說。「謝謝妳好意要載我，不過走去不用多久。」

我很快的穿過巷道去到河邊，過了橋。我才剛洗乾淨的鞋子就沾滿泥巴了，等我到達托比身邊，我感覺到腳趾頭傳來潮溼的訊號。

「什麼事？」我問他。

「沒什麼，」他說，「只是我昨天在車庫裡發現這些東西。」他指著平放在他大腿上的一箱圓木頭。「我想我們可以為毛頭建造一個保護牠安全的地方。我擔心我們不在這裡的時候牠可能發生什麼情況，牠還這麼小，在這麼空曠的水面上可能很不安全，我想這是我們可以做的。」他給我看一張草圖，乍看之下像一間小屋，還有陽臺。

「它的尺寸差不多這樣。」他說，一邊把手臂張開大約超過兩邊膝蓋的寬度一點點而已。「屋頂可以為牠遮風避雨，我們還可以在裡面鋪一些乾草，幫牠禦寒。」

「你要把它放在哪裡？」

「我到這裡來就是想要弄清楚這個。妳看見橋下那裡突出來的一小塊空地了嗎？我在考慮或許那是個好地點。」

「可是，那裡的水流太強了。就放在這裡如何？我們可以設法架在水面上，在兩條樹枝之間。我們最初就是在這裡看見牠的，而且牠好像總是會回到這裡吃牠的食物。」我說，指著毛頭的矮樹叢。

托比考慮了一會兒後，他遞給我兩根較大的木頭。

「試試看夠不夠長，能不能當成地基。」他指示我。我小心的往岸邊匍匐前進，我幾乎，幾乎要到了……

砰的一聲，我一屁股坐在地上，接著聽到托比咯咯的笑聲，一股愉悅的暖流在我的胃裡擴散開來。我不禁也哈哈大笑，笑到差點站不起來。

「妳全身都是泥巴！」他大喊，而我終於到了矮樹叢。我把圓木放在兩根最大的樹枝之間，剛剛好。

我爬回岸上，把木頭還給托比，他還坐在輪椅上笑個不停。

「真希望我有把妳拍下來，伊莎！啊，超級好笑，真的超級好笑！」

「閉嘴。」我對他說，不過他再一次讓我開心起來了。然後，我看了我的手錶，發現我根本沒有時間回家換衣服。我把背包甩到遍布泥巴的背上，拔腿就跑，同時告訴托比，我放學以後再去找他。

上課鈴響前幾分鐘，我在廁所試著洗掉身上明顯的泥巴，但沒有什麼效果。我想辦法除去鞋子上大部分的汙泥，然後脫下套頭毛衣並捲成一團放進背包裡，可是裙子後面我就幾乎沒法處理。

我太擔心自己身上有泥巴，所以起初我以為我走進教室時，教室裡瞬間安靜下來是因為這個緣故。好像有人在電影播放中關掉了聲音。我跟夢娜和哈普打招呼時，就連她們都低下頭看著桌子躲避我的目光。

坐在後排的一個男生高喊，「第一回合的贏家回到了場上。每個人都想問的是：第二回合什麼時候開打，而這一次誰會帶走勝利？我會在午餐時間接受下注，大夥兒，準備好了！」這時候我才意識到大家安靜的真正原因，胃裡的蜘蛛開始抓狂了。

露露坐在平常的位子上，身邊有一群死忠的朋友圍繞著她。她的頭上

有一大塊白色紗布，許多慰問康復卡片以誇張的排列方式展示在她面前。

我坐下來，盡全力不要朝她的方向看，然後我看見我的桌上有一張紙條。紙條上有一小幅漫畫，畫的是一個男人在看報紙。

它的下方寫了一行字，「請翻到背面」。背面是同一個男人，把報紙揉成一團丟向藍球框。

下方寫道：

「明天這些都成為過去的舊聞。」

法蘭克看著我並露出勸慰的笑容。

蜘蛛們立刻平靜下來。

第十三章

我們先上美術課，我很慶幸露露沒有在同一班。李亞老師問我們有沒有人猜到他的謎題。我當然知道答案，可是我不想讓大家注意我。喬納回答了，他把名字說錯了，說成戴利，不過李亞老師並沒有追究。

「達利常形容他的繪畫作品是『手繪夢的相片』」，他說，「所以，你們的下一件作品，我希望你們用『夢』做為靈感來源。我沒有其他要說的了。你們有五次、每次兩堂課的時間去完成它，所以請仔細想清楚；甚至可以先畫幾張大略的草圖。我現在要發一些A3的白紙，你們可以用炭筆、海報顏料、油彩，或其他任何在教室裡找到的東西。」

我坐在我的圖畫紙前面，讓又短又粗的鉛筆在我的左手指間緩緩滑來滑去。起初我的腦袋跟這張紙一樣空白，可是我注意到好幾罐噴漆顏料，然後我就知道我要做什麼了。我看過媽媽用這種形式，去創作一幅她被委託的人像畫。起先她只是小小嘗試一下，不確定效果如何，但結果看起來很完美。她想辦法創造出一幅畫，一半用噴漆顏料形成陰影，一半是明亮的。畫像裡女人顯露出的半邊臉畫得非常生動，每一條靜脈和皺紋都清晰可見。我想創造出那種感覺的陰影，可是我沒有媽媽那麼厲害。我以前常為了沒有繼承到她的才華而感到難過，可是她會說：「妳是很棒的女演員，伊莎。別貪心，留一些才華給別人。」

我對我的繪畫作品並不抱持很高的期待，不過我還是會努力試試看。

我先拿了一罐黃色的，在紙上噴了幾下。我起先讓它很靠近紙的一邊，企

圖產生強烈的顏色效果，然後漸漸的在移動中拉開距離，等到了紙的另一邊時，顏色變得很淡，幾乎沒有了。接著，我以同樣的方式去試藍色、褐色和紫色，所有的顏色混成一片宛如狂亂的煙霧。最後，我抓起一枝炭筆開始描繪一個人形輪廓彷彿從朦朧中浮現出來。先畫他的頭，深色的、灰濛濛的、橢圓形的黑影，接著是兩隻伸長的手臂，捲曲的手指，就像正在抓什麼東西。

我太專注了以至於沒有注意到，法蘭克過來坐在我的工作長椅的另一邊。我往旁邊瞄到他，他跟我一樣，沒有先畫草圖或計畫，直接就上色了。他拿了一盒顏料，看起來像在隨意的打開。

他最後選擇黑色，拿著畫筆沾了一些，然後用力在紙上旋轉揮灑，他的舌尖從嘴角露出，看起來很努力的製造一個不間斷的圓環。

「這是一個漩渦。」他說。「我一直做這個滑翔翼的夢，我飛得很高很高，飛到雲上，然後突然就咻——被吸進這個漩渦，就像黑洞，我彈起來，時速好幾千里，然後出現很多僵屍在追我，我像發瘋似的逃跑……」

他站起來示範，在教室裡跑來跑去轉圈圈，撞到後面的牆壁又彈開，然後朝我的方向滑過來。我很快的閃到旁邊，很驚險的避免了一場撞擊。

「好了好了，」李亞老師笑著說。「很令人印象深刻，法蘭克。我可以看見你的圖畫裡的律動，甚至在你還沒示範之前。我喜歡黑色在白色上產生的這種效果，不過或許你可以增加一點紋理來表現被吸進漩渦裡的東西，或那些東西的片段，如何？你看，你可以用這些網片……」

李亞老師拿了一些鐵絲網片給法蘭克，然後在我的圖畫旁停下腳步。我正在抹糊炭筆畫的線條，小心的將黑影人融入他身邊的顏色裡。

李亞老師的目光讓我覺得很沉重。我暗自希望他走開，去評論別人的作品，可是他的腳一直釘在原地。

「這是什麼，伊莎？」他問。

「我還沒做完。」

「是，我看得出來，可是它很吸引我。妳這件作品的名稱是什麼？」

「色彩小偷。」我不加思索的回答。

他看著我，臉上露出疑惑的表情。

「很有趣的名稱。嗯……妳過得還好嗎？」他放低了聲調。

「跟平常一樣。」我說。我覺得全身發熱。

「哦，如果任何時候妳想談任何事情，妳都可以來找我。妳知道，午餐休息時間這裡通常都很安靜，所以如果妳想到這裡畫圖或聊天都可以，我會在這裡。」

「謝謝你。」我喃喃的說。「可是我沒有事要談……」

我是第一個到生物實驗教室的。我自己一個人坐在最後面，盡可能的離露露遠一點，她坐在前面中央的座位上。我夜裡沒睡好的後續效應這時出現了，我覺得很疲倦，而且實驗教室裡又悶又熱的使我的眼皮一直往下垂。不知不覺的，我睡著了。我夢見一個面目模糊的人，把我的圖畫拿到嘩啦嘩啦的水龍頭底下，直到所有的顏色匯流成一團醜陋的灰濘，然後流入排水管消失了。

我拉扯那人的手臂想要阻止他時，聽見緊張的笑聲。我張開眼睛，看見二十四張臉緊盯著我。

「轉過來坐好，」嚴老師不耐煩的說，「沒什麼好看的。」我的臉羞

愧的發熱。潔米瑪則竊笑著悄悄跟露露說話。

「我要你們兩個人一組，開始規劃人口統計學的作業，」嚴老師繼續說，壓制嘰嘰喳喳的交談聲。「你們自己選擇要調查的主題，可以是眼睛的顏色，頭髮的顏色，鞋子的尺寸或其他的。在你們的海報上，我希望要有大略的說明，是什麼原因造成你們統計裡的變數，你們可以用班上同學做為樣本來看差異分布的情形。」

「或許我們可以來調查人們危險程度的分布情形。」我聽到露露私底下大聲說，同時朝我瞄了一眼。

「露易絲，我希望妳能把注意力放在我們的課題上，拜託，不要再亂說些有的沒的了。今天剩下的時間就讓你們跟同組的夥伴開始討論，我們下星期再繼續。」

教室裡出現一陣騷動，每個人都開始進行分組。我轉向夢娜，她坐的離我最近，可是她已經跟哈普同一組了。在我的左邊，有兩個男孩也已經找好搭檔了。沒多久我就明白，這個班的人數是奇數，我是剩下的那一個。

嚴老師注意到這情形並立刻走過來。

「伊莎，妳加入夢娜和哈普。妳們三個人一組。」她說。可是她一走開，那兩個女孩就看著我，她們的臉上露出害怕的表情。

「我們做兩個主題好不好？」夢娜建議。「伊莎，妳單獨做一個，然後我們把兩個一起放在一張海報上。我們會留一些空間給妳。」

我不明白。

「可是那只是多費工夫。為什麼我們不一起做呢？」我問。

她們互相交換眼神。「嗯，那比較容易因為……萬一妳生氣了然後……」

「然後怎樣？」我的臉發燙，感覺像隨時會融化。

「露露說最好不要跟妳講話……免得，妳知道……妳情緒失控。」哈普解釋。

我盯著地板，地板上的格子在我的眼前跳起舞來，我伸出手撐在桌子上保持身體平衡。

「伊莎，妳……妳還好嗎？」我聽到夢娜問我。突然間我發現自己在行走，很快的走向教室門口，經過背對著我們正在寫黑板的嚴老師，穿過燈光黯淡的走廊和科學教室外成排的實驗服掛勾，經過球場和校務室。因為這時還在上課中，沒有人在附近，所以也沒有人看見我。應該會有足足十五分鐘時間，我班上的人才會理解到我不打算回去了。

我直接穿過校務室旁邊的門，一直走到學校大門。沒多久，我就來到馬路上，我的腳持續的向前移動，像急行軍似的左腳、右腳、左腳、右腳。

我直覺的朝公園的方向走去，突然開始慢跑，然後狂奔。

我一路跑過格列佛街，經過兩旁幽靈般的樹木，它們的枝幹迎風招展。我推開走在人行穿越道上一群一群要去上班的人，經過喬許先生開在街角的商店和陳列在店外的水果，成熟的李子，鮮亮的蘋果，然後進入傑美森公園。我一直跑到水池邊才停下來，我靠在池邊，快速的喘氣，我轉頭去看有沒有人跟在後面，沒有看見熟悉的面孔。

公園裡沒有什麼人，只有一群媽媽帶著小小孩坐在毯子上野餐。有一個女人脫掉夾克，伸展她的手臂，享受著好天氣。我望見亮光在蒼白無比的天空中閃爍，體會到這是個晴朗無雲的日子。

我慢慢的晃過遊樂區和網球場，一邊走一邊低頭盯著我的鞋子。我以為自己只是漫無目標和計畫的隨便亂走，可是當我走到我們最喜歡的地點，我發現自己並不意外。我的腳知道它們該往哪裡去。

那棟房子現在完全被雜草蓋住了，過去常有人說到了夏天它就會被重建，然後一年過了一年，什麼也沒有發生。媽媽和我無意中發現它的，我們當時是在找掉了的網球。它隱藏在一片高大的樹籬後面，老舊的鷹架仍然環繞在骯髒的磚塊周圍。我記得以前有警告危險的標示牌，不過就連那個也已經掉落或腐朽了。

就樹籬上那個洞而言，我顯然太大了，或許是它變小了，又或許是我變大了。我想擠過去，我的雙手挖進泥土裡，一群螞蟻匆忙四處竄逃。樹枝刮到我頸後曝露的皮膚，我突然恐慌了起來，害怕自己無法鑽過去，我會卡在這裡而沒有人會來找我。我用力向前推，可是我的腿卡在樹籬裡，我的鞋帶因此勾到了。我拼命踢直到鞋帶斷掉，然後用盡全力往前拉。到了另一邊，我站在被拋棄的房子前面，全身髒兮兮並且喘不過氣來。這房子看起來一點也沒變，跟我上次在這裡時一樣，在最黑暗的一天之前，很久以前。

當時媽媽和我坐在這裡，假裝我們是維多利亞時期的貴婦，用精緻的杯子飲茶，我們的管家會送來切得很端正的三明治。有時候，如果天氣晴朗，我們會帶野餐、畫紙和顏料。我在旁邊玩耍，想到什麼就畫什麼，但媽媽會很仔細的畫這棟老房子，細膩的看待每一塊磚。

我注視著她畫過的景象。我想要回想——她說過的話，散落在草地上的壓克力顏料的氣味，起司和番茄醬三明治濃郁的味道。我坐在那裡可能過了幾分鐘或幾小時，什麼也沒有想起來，什麼也沒有。只有隱約一閃而過的影像，是我們兩人在那裡。

我注意到天色變暗了，只得放棄。我看了一下我的手錶，簡直不能相信已經快六點了。我又鑽過樹籬上的洞，在空蕩的公園裡跑向出口。

我跑到格列佛街的時候，街燈已經亮起來了。

「伊莎！等一下，親愛的！」

我立刻停下腳步，轉過身來，露露的媽媽在喬許先生的店門口朝我招手。運氣真糟，我真希望我沒有停下來，我真希望我假裝沒有聽見她就好了。她朝我招手示意，看起來她獨自一人。我耐心的等她付完錢，並祈禱爸爸不會驚慌到出動搜索隊來找我。

「謝謝妳等我。」雪莉說。「妳爸爸有沒有聽到我的留言？」她的語氣充滿憂慮。

「留言？」

「對，我打了好幾通電話，就在……妳和露露發生那件事過後。」在街燈的光影下，我看不清楚她的表情。對了，我感覺我的臉立刻熱起來。她當然會告訴爸爸和琳恩姑姑，我不能再對他們隱瞞了。

「我很抱歉……」我開口說，可是她把手放在我的肩膀上，阻止我繼續說下去。

「我不想聽到妳道歉，」她說，「露易絲不應該說那些話。她有時很粗心大意，甚至很可惡。我對她的行為感到很慚愧。我跟她談過了，伊莎，我告訴她一定要跟妳道歉。」

我瞪大眼睛，一眨也不眨的看著雪莉。我覺得她的手壓在我的肩膀上很沉重，可是她無意移開，好像很怕一旦她放手，我就會跑掉。

「謝謝妳。」我勉強開口，打破可怕的沉默。

「別謝我，伊莎。我什麼也不能做……我看到了而我什麼也不能做……」她輕聲的說。我突然理解到她不是在說露露做的事，她在說一件完全不同的事情，而我聽不下去了。我移轉身體，在街道上奔跑起來，跑得比以往更快。

第十四章

我還來不及轉動鑰匙，門就被大力的打開了。

「伊莎！她回來了！噢，謝天謝地。」

爸爸那張布滿鬍鬚的臉瞬間因放鬆而垮下來，他緊緊的抱住我，力道太大使我們兩個都差點摔倒。

「噢，謝天謝地。」他緊貼著我的頭重複了一遍又一遍。

「伊莎！」琳恩姑姑從廚房跑出來大叫。她的手上握著她的記事本，而電話筒就夾在耳朵和肩膀之間。

「她回來了，安娜……不用，別擔心。我們會再打電話給妳……」她朝電話筒說。

她的聲音顫抖，我不確定是因為生氣還是因為鬆一口氣。

「伊莎，妳去哪裡了？我們接到學校的電話，然後我們開車在街上找了妳好幾個小時。安娜和托比也分頭去河邊找妳……我們都以為一定發生了什麼可怕的事情。老實說我準備要打電話報警了。」

我看得出來她快要哭了。我幾乎期望他們兩個人會對我大吼大叫，可是他們只是站在那裡，耐心等待我的解釋。

「妳去哪裡了，伊莎？妳到什麼地方去了？」爸爸讓我在廚房的桌子旁邊坐下，然後他來來回回的踱步，用雙手不斷摩擦他的臉。

「我……最近在學校不大好。今天又……又有些狀況讓我不能再忍受下去了。所以我就離開教室……我就直接走出去，我去了公園。」

爸爸注視著我，好像想要讀懂我的表情。

「伊莎，發生了什麼事？」他終於問道。「我前幾天收到露露的媽媽一通很奇怪的語音留言，我沒有回電給她，因為我不知道她在講什麼，不過我想妳知道。妳知道妳可以……」爸爸還想講，可是琳恩姑姑打斷他。

「妳怎麼沒有告訴任何人妳去哪裡？妳應該知道我們一定會擔心死了。妳不覺得妳可憐的爸爸已經有夠多事情要擔心了嗎？」

他們連番的問題從四面八方射向我。我的腦袋裡出現一聲又一聲的敲擊，節奏愈來愈快。然後，我還來不及想清楚之前，話就從我的嘴裡冒出來了。

「我不在乎！」我大叫。**「我不在乎！」**

「伊莎！」爸爸在我背後喊，可是我已經跑上樓，然後用力甩上我房間的門。

我全身顫抖的坐著。在床的上方，有我不同時期各種樣貌的臉，全都瞪著我：新生嬰兒伊莎，學步兒伊莎，滑雪的伊莎，演茱麗葉的伊莎，麥羅成為家人那天的伊莎……憤怒的火氣在我的腦子裡燃燒。不僅因為它們現在全都是沒有顏色的空白，而是在這些仔細描繪的人生紀錄裡，有一個恐怖的時刻沒有被畫進去。

我氣急敗壞的在書桌抽屜裡翻找，抓起一枝粗黑的麥克筆，那是我以前用來標示想放在閣樓裡的東西用的。我拿掉筆蓋，然後走到日期最接近現在的那幅圖像旁邊，用力把筆壓在它的右邊，這個位置屬於接下來最新的圖像。我的手狂亂的移動，急切的畫著每一寸我可以觸及到的牆壁。黑色凌亂的覆蓋牆面，發散成上百萬個迷你蜘蛛網，我什麼也不管的一直畫。

成果是一大片又粗又厚的黑雲。筆裡的墨水全用完了，我筋疲力盡但很滿意。「那一天」終於記錄在這面牆上，壁畫被更新到今天了。

我跪倒在地上，看見床底下溫暖、陰暗的空間。我滾進裡面，把膝蓋蜷縮在胸前，躺在成堆的灰塵之間。

我不知道自己躺在那裡多久，然後，有一個聲音穿過我迷迷糊糊的憤怒傳到我的耳邊。

「伊莎！伊莎！我可以進來嗎？」

是托比，我沒出聲。我不想被打擾，現在不要。

「伊莎，我知道妳在房間裡面，」他聽起來很堅持，「妳下來好不好？」

我聽到他的輪椅在廚房地板移動發出喀啦喀啦的聲音，突然有狗叫，然後一陣窸窸窣窣。我可以想像麥羅跳到他的腿上的畫面。

我聽到琳恩姑姑說，「我想我們最好給她一點空間。」

「伊莎！」托比又喊道，他不打算妥協。

我用念力希望他離開，可是我聽到的不是關門聲，而是一種怪異的聲音，好像是砰砰的重擊聲又像在拖拉什麼東西似的。

「沒問題，我可以。」他說，夾雜著琳恩姑姑的反對聲。

我把自己縮得更小，企圖用我很小的時候媽媽教過我的方法，一種使我恢復平靜的方法。我閉起眼睛，從一百往回數。我的藏身之處忽然變得很熱，我感覺到前額有黏答答的汗水流下來。

我數到七十四的時候，聽到房門被推開了。

「妳真是固執的要命耶，不是嗎？」

「托比。」

「不然是誰？妳沒有聽見我在樓下叫妳嗎？」

「有啦，可是我……我沒有想到你會上來。」

「我沒別的辦法，因為妳不肯下去啊。」他語帶責難。「我只好為了妳這麼做啦。」

我們靜靜的躺了一會兒。從我的角度，我可以看見他的腿就在床邊，他的手指頭規律的輕輕敲在地毯上。

「出來嗎？」他的語氣很輕鬆。

「我不行。」

「好吧，那我只好進去找妳。」他說，他把自己拉進了床底下。我必須往裡移動緊貼著牆，留出空間給他。

「呃，這裡髒死了。這個地方好像從來沒有見過吸塵器。」

「你沒必要在這裡，又沒人叫你來。」我轉向我這一邊，離他遠一點。

「就說是我想要來吧，雖然妳實在是太可笑了。」

「為什麼？」

「為什麼？我不知道妳為什麼這麼可笑。不過如果妳問我為什麼在這裡，我只是想或許妳有什麼有趣的事可以告訴我。」

「我沒有。」我斷然的說，立刻又為表現得這麼討厭感到很愧疚。

「你有什麼嗎？」

「有什麼……？」

「有什麼有趣的事可以告訴我啊？」

他安靜的沉思了一分鐘。

「生物學如何？」

「都可以。」

「妳知道人類的身體裡有多少塊骨頭嗎？」

「嗯……我不知道，我猜大約有一百五十？」

「不對，成年人有兩百零六塊，可是小嬰兒剛出生時有兩百七十塊以上。」

「怎麼可能？」我問，轉過來面向他。

「有些骨頭在成長過程中會結合在一起，使人變得更強壯。妳知道人的脊椎有多少骨頭嗎？」

「它不是完整的一根很大的骨頭嗎？」

「不是，別傻了，不然妳怎麼能彎曲妳的身體？妳會完全僵硬的。脊椎有三十三塊小骨頭，可是我只有三十二點五。」

「怎麼會？」

「因為那場意外。」

「喔。」我覺得我們已經講到爸爸所謂的「事情的關鍵」，可是我不曉得托比是不是已經準備好要談論它了。結果他是。

「我知道妳很好奇，我也不介意告訴妳。很可怕的意外，是我自己愚蠢的錯誤。我那時候迷上了滑板，喜歡的程度幾乎就跟足球差不多。不過我們受夠了社區裡的半管場地。」

「半管？」

「U型滑板場，像一個半圓弧形斜坡。妳知道，妳站在這一邊的平臺上，然後從這一邊滑到另一邊。」

「哦，是，我懂你的意思。」

「我跟我的朋友小柴一起玩，我們覺得很不耐煩，因為常有許多小小孩會插進來，所以我們決定蓋一個屬於我們自己的滑板場。我們發現小柴家的車庫裡有一些舊的板子和磚塊，是他的叔叔擴建閣樓時剩下來的。起初，我們想在我家後院蓋一個斜坡，可是空間不夠。後來，我提議把它蓋在車庫的屋頂上……」

他愈講愈小聲，可是我還想聽下去。

「然後呢？」

「嗯，因為那是一長排的車庫，所以我們蓋出還不錯的坡道，像海浪似的。我們把磚塊堆疊成三座山，把板子放在上面。它們很有彈性，所以滑起來的感覺很棒，幾乎像在衝浪，只是換成了輪子。很不可思議的，在空中飛上飛下，俯視四周房子的屋頂。

總之呢，起先我們連結三座山的高點，滑起來很過癮，然後小柴說他想測試四個高點的可能性。結果是可以的，不過他最後落地時就非常接近另一邊屋頂的邊緣了。我們當時就應該注意到我們蓋的坡道太長了，可是我們沒有。所以，輪到我，我做跟他一樣的動作，只是可能太用力了一些。」

「你摔下來了，對不對？」我想搶先他說出事情的結果，然後才意識到我說了什麼，立刻用手摀住我的嘴。

「對不起。」我從指縫間喃喃的說。

「是的。」托比的語氣很平常，好像在告訴我一則無關緊要的新聞。

「對不起，對不起。」我重複著，用力握緊拳頭壓在我的眼睛上。結果眼前出現許多飄浮的小黑點，即使在黑暗裡。

「我飛到半空中，然後重重的落在地上——難以想像的重，我的背重擊地面。我感覺到極度劇烈的痛，然後就沒了，完全沒感覺，不過我知道我的頭在流血。」

「你昏過去了嗎？」

「沒有，我還有意識，可能還感覺到手臂因為擦傷而有些灼熱，可是我背部那種強烈的感覺消失了。小柴跑到我身邊，我到現在還清楚記得他當時臉上的表情，他以為我死了，然後他打電話叫救護車。」

「他們幫你做什麼？你到醫院以後？」

「做了很多不同的檢查，我在醫院住了很多天。後來醫生告訴我，我有一塊椎間盤碎掉了，基本上那像關節一樣，讓脊椎的骨頭間可以活動。

我的脊髓因此受傷，影響我的神經系統。」

一連串的醫學名詞在我的腦袋裡打轉。

「基本上那就是為什麼我的腿沒有知覺。」他總結道，而這是第一次我聽見他的聲音在顫抖。

「這是什麼時候發生的事情？」

「一年多以前，去年七月。出院以後我什麼地方也不想去，我一直在家裡，躺在床上。半睡半醒的時候，有時候我會假裝什麼事也沒有發生，等我再張開眼睛時就可以跳下床、跑下樓去。我不想見任何人，更不想回學校上課……」

「那你有……回去嗎？」

「我錯過了學期開始頭幾天，不過我還是回去了。我很快就發現行動有困難，因為那間學校只有少數幾個地方可以讓輪椅通行。而且我經過很長的時間才習慣我的視線總是在別人的肚子的高度，而不是像以前一樣面對面。」

「你的朋友們有什麼反應？」

「一般來說還好，不過，妳知道……就是跟以前不一樣了。然後，我媽工作的餐廳在這裡開了一間新的分店，她想來試試看，妳知道……新的開始。」

我們靜靜的躺了一會兒，在深沉、舒適的黑暗裡。

「妳有沒有什麼事想告訴我？」

「有，」我說，「是關於某一天，那一天。」我修正我講的話。「最黑暗的一天。不過，我現在還……還不能告訴你。」

第十五章

「妳聽得見我嗎？妳聽得見我嗎？」這聲音聽起來很平靜又謹慎。我認出來了，這是黑影人的聲音，是色彩小偷的聲音。他很平靜，因為他已經完全控制住我了。我拼命用剩餘的力氣反抗他，用盡所有在身體裡竄流的火紅。我胡亂揮動手臂、使勁的踢腿，有一會兒我的手跟某樣東西連結在一起，而且勉強半撐起了我的身體。可是……沒有用。

「放手！」色彩小偷說，然後他變得愈來愈大，長長的手指企圖抓走我僅剩的顏色。他用力將玻璃面罩蓋住我的臉，我感覺身體愈來愈無力。

整個世界就像壞掉的燈泡，閃了幾下，旋即一片漆黑。

6：03 a.m.

嗚咽聲響起。我猛的從床上坐直了身體，大約有一秒鐘，我以為那是我發出的聲音，然後就見麥羅從我的手肘底下躍起，在地板上安頓下來。

我還沒有去看壁畫，我的直覺告訴我，它已經發生了。畫裡的麥羅看著真實世界裡的本尊，牠小小的、黑色的身體仍然跳著撲向那個小時候的我，可是我為牠特別挑選的紅色項圈，寫著牠的名字和我們家地址的項圈，已經消失了。

這只是一場惡夢，不斷重複上演，但仍然只是一場惡夢。既然到現在還是只有我能看見色彩小偷做了什麼，那就表示這一定不是真的。

樓下傳來淡淡的鹹香氣味，我強迫自己起床，很慶幸今天是教職員進修日，不用上課。

「早安。」琳恩姑姑說。她對我微笑，看起來就像有兩條隱形的線將她的兩邊嘴角往上拉，而她眼睛周圍的細紋也比平常更深。

「早安。我昨天，很抱歉。我亂說的，我沒有那個意思。」

「沒關係，伊莎，沒關係。」她的手指輕輕滑過我的頭髮，讓我想到媽媽。她指著桌子，朝我遞來一盤培根三明治。

我吃起來，她拿著一杯咖啡坐在我的對面。

「妳爸又去看莉茲醫生了。」她說。然後好像猜到了我接下來想要問的問題。「她的頭銜是醫生，不過不是妳想像的那種醫生。她是心理諮商師，幫助人調適自己的情緒感受。如果順利的話，他會固定每星期去看她。我覺得她應該可以幫助他回到正軌。我們就不用擔心了，是吧？」

我不確定該說什麼，可是她看起來很有信心，於是我點點頭。

「妳知道，伊莎，假如妳覺得想要找人談一談，我希望妳讓我或妳爸知道……？」

我又點點頭。她想要瞭解和幫忙，可是她不知道……她不在那裡。

「我可以去托比家嗎？」

「可以啊，當然。他似乎是個好孩子，找妳的時候他幫了很多。他顯然很關心妳，很多人都關心妳好不好。夢娜昨天晚上打電話給妳，我差點忘了告訴妳。她說要為她在生物實驗室裡講的話道歉。我沒有問她細節，總之不管是什麼，她說她沒有那個意思。有時候……有時候人們對於自己

不明白的事情，會有不適當的反應。」

「我知道。」我不需要她來告訴我這一點。

我吃完早餐就溜出門，趁她還來不及再說些什麼就趕快出門。

我一看見托比和安娜的房子，立刻覺得好多了。

托比正在洗餐具，而安娜在屋子裡忙得團團轉，一邊燙白襯衫一邊找耳環。

「我媽今天要去面試工作。她要去應徵餐廳經理的職位，是固定的正職，今天是決戰日。如果她勝利了，我們就確定可以留在這裡。」

「不要講成那樣啦，」安娜哀號。「我覺得我沒準備好，我想我大概不會被錄取。」

我注意到她平常翹翹的頭髮現在梳得很平順的蓋住了耳朵，而且她臉上的妝比平常更多。

「為什麼不會？妳很棒耶！妳一定會被錄取。」

「這一副耳環還是那一副？」安娜問我。

「珍珠的。」我告訴她。它們使她看起來更專業。

她朝我眨了眨眼睛，然後摸摸托比的頭髮，匆匆忙忙的出門了。

我為自己倒了一杯水，坐在桌旁，等托比忙完。

「嘿，我還沒有讓妳看過這房子！」他說，拉著我進到客廳，他的手還在滴水。

「什麼意思？你之前有帶我參觀過了。」

「不是，不是。我不是說這間房子，我是說毛頭的房子。」發生了這麼多事，我完全忘了這一件事。

我驚呼起來，目不轉睛盯著小房子。我不敢相信他做得這麼好，完整的屋頂上鋪了錫屋瓦防止雨水，房子有三面牆，都是仔細打磨過的木頭，還設計了陽臺，裡面放了兩個蛋杯固定在地板上。

「一個裝穀類，一個裝水。」托比說明，不過我當然已經猜到了。

「還需要上漆，才不會腐爛，我會把它釘在妳已經專業測試過的那兩塊木頭上，」他說，「然後我們再去把它放在桑樹叢裡，就大功告成。」

我們花了很多時間漆每一寸木頭表面，然後托比嫌屋頂看起來對毛頭而言太沉悶無趣了，他決定漆成紅色，這樣牠可以遠遠的就看到牠的家。

「妳看，這個剛剛好！媽媽之前用它漆我們的前門。」他說，朝我揮舞著一個罐子。

他把眼睛瞇起來，好像還有什麼部分是他不滿意的。

「你覺得少了什麼嗎？」我猜，同時從各個角度審視這個小房子。我懷疑他是不是要發神經了，打算幫毛頭做一些小鳥用的家具。

我很驚訝聽到他說：「妳可以幫我一個忙嗎？」

那是一個普通到不行的問題，他對我說的時候也跟平常一樣露出神祕的微笑。可是，它也具有重大的意義，因為這是第一次他正式的請我幫助他。我想起之前他在我還來不及抓住輪椅把手前飛快的從我身邊跑掉，或是把自己從水裡拉上來，或是爬上樓梯，都只為了證明他能做到。

「妳可以去樓上幫我拿一個盒子下來嗎？在我媽房間的櫃子上，有一個藍色的大盒子。就在樓梯右邊第一個房間。」

我必須站在椅子上才拿得到它，它比我預期的重。我好奇的看了裡面的東西，許多收藏品混在一起：足球獎杯，游泳比賽獎牌，不同國家的硬幣，電腦遊戲和各種形狀與尺寸的信封。

「這些是什麼？」

「這是一盒從前。」

「一盒什麼？」

「一盒意外發生前我擁有的東西。」

我不知道該怎麼回應，於是我把盒子放在他的腿上，然後去廚房幫我們兩個倒水，我不確定他是否想要我在旁邊一起看。

「我想要的是這個。」他舉起一個裝了東西的塑膠袋，他把塑膠袋裡的東西全倒出來，我看見那些是羽毛，有各種不同的顏色和尺寸。

「這些是我跟媽媽在諾福克的溫斯頓海灘收集到的。以前我外婆住在那裡，我們每年夏天會去看她。我們建立了一個傳統，到那裡的第一天就去長跑，跑很遠很遠，然後在回程的路上收集幸運羽毛。我每一年都會留下三根最有趣的羽毛。」

「它們很好看。」我說，並拿起其中幾根排成一個扇形。中間那根較長的白色羽毛上有著深藍色的小圓點，我想像是多麼美妙的鳥會有這樣的羽毛。我突然有一個想法。毛頭有時也會抖落幾根羽毛，它們是灰色的，但依然是幸運的象徵。我知道有一個人可以用得上它們帶來的好運，它們正好合適。

「你要用這些羽毛做什麼？」我問托比。

「鋪在小房子裡。鳥類都是用樹枝和羽毛做窩，我想我們可以幫牠有一個好的開始，而且這樣會比較柔軟舒適。」

「你不想要留著嗎？你知道，留做紀念？」

「不用了。」他搖搖頭說。

小房子完工以後，我們把它拿去我家給琳恩姑姑和爸爸看，他剛從莉茲醫生那裡回來。

「那隻天鵝一定會很感謝，」他說，「牠簡直就像得到了一座城堡。」

午餐過後，他們聊起「大象專案」，托比真的很感興趣而且問了上百個問題。他想知道有多少隻大象住在爸爸和賽門協助設立的肯亞保護區裡——現在有五十四隻，比上一次我問的時候多了許多。就在上個月，有好幾隻象寶寶出生。

「我好想看牠們。」托比語帶憧憬的說。

「有什麼不可以，」爸爸說，「我們計畫一年至少去兩次。我們只需要找到適當的時間，就可以帶你們兩個去。」

托比很專注的聽爸爸講的每一件事，所以當我們終於帶著很不耐煩的麥羅抵達河邊時，已經是午後接近傍晚了。

「好了，」他大聲宣告，語氣很像在帶兵打仗的將軍。「我相信妳可以做到，不過我已經預備好我的相機，假如妳又跟上次一樣的話。」

「看我的！」我勝利的大喊。我摘下他的眼鏡旋即跑下河岸，耳邊傳來他的抗議聲。我只用了大約一分鐘的時間，就把小房子穩妥的安放在桑樹叢底下，雖然水位很高，我必須涉水而過。我很高興的看見它在最理想的位置，然後我回到托比身邊，把眼鏡還給他。

他立刻檢視我完成的任務。

「妳看！那邊！」

「什麼？」

沒有更完美的時機了！毛頭不知從哪裡冒出來，朝我們的方向游過來，一副無憂無慮的樣子。牠看起來好像比之前更結實。牠長大了一點，牠的羽毛不像之前那麼鬆軟。牠微微的彎了一下翅膀，彷彿提醒我有一天，牠會飛起來。牠看起來已經不再是弱不禁風的樣子了。

「我要去拿釣魚竿，」托比說。「我把它放在廂型車裡了。」

我點點頭，決定不讓我的視線離開毛頭。麥羅站在我旁邊，也盯著牠

看，好像很欣賞的樣子。可是，對我們的小天鵝來說，危險還沒有結束。托比回來的時候，釣魚竿彆扭的夾在他的腋下，而毛頭的哥哥姊姊似乎感覺到這裡有晚餐了。

麥羅朝牠們吠了幾聲，有點焦躁不安。

「這裡沒有你們的食物。」我對牠們說。「你們隨時可以爭取自己的食物，這些是要給還沒有能力這麼做的毛頭。」

托比從口袋裡拿出一個馬鈴薯，撥下一小塊，勾在釣魚竿上。他把釣魚竿往水面上拋出去，但懊惱的是，釣線飛得太遠而越過了毛頭，被一叢水草纏住了。

他用力拉扯，可是線沒有鬆開。

看起來沒有別的辦法。我的腳趾頭深入溼滑的泥巴裡，讓冷冽的河水覆蓋我的腳踝，我小心避免滑倒。我慢慢向那叢水草移動身體，像一個機警的旅行者在探索沼澤。

我把釣鉤解開，然後看見毛頭還留在原地，我們之間是伸手可及的距離。牠抬頭看著我，然後，儘管我心裡幾乎肯定會把牠嚇跑，我還是從鉤子上解下有點溼的馬鈴薯塊，把它放在我的手掌裡。

「給你，」我輕聲說，並向牠靠近。我從眼角瞄見其他的小天鵝，不過牠們被岸邊發出的一陣低吼聲喝止住了。麥羅再一次挺身而出捍衛毛頭，於是牠的哥哥姊姊後退了，宛如碰到一座隱形的牆。

毛頭把頭歪向一側，牠猶豫著。我們面對面，凍結在時間裡。突然牠的嘴動了一下，發生的太快了，幸好我全神貫注不然就錯過了，牠從我的手掌裡啄走食物然後整個吞下去。

牠抖抖肩然後自動向後退，好像對自己剛剛的行為有點害怕。我保持靜止不動。過了一會兒，牠又試了一次。沒多久，整個馬鈴薯吃光了。托

比一直用釣竿送食物過來。我想到了一個主意，我朝小房子的方向移動，我們之前已經在一個蛋杯裡放了食物。

起先，毛頭似乎搞不清楚狀況，不過，牠漸漸的愈來愈靠近小房子，而每一次牠往正確的方向移動時我就給牠一些獎賞。

然後，就在我感覺胸膛快要因為不斷充漲的期待而迸裂時，牠跳上了小房子的陽臺並開始吃蛋杯裡的食物。

我轉身面對托比微笑，他舉起了相機拍照。

「這是你的家，」我對毛頭說，「下一次你得自己去對抗其他人，不過這個地方或許可以幫助你。我們不會一直在這裡。」

我在托比身邊的草地上坐下來，我光溜溜的腳快結冰了，不過我覺得好快樂。麥羅在他的大腿上享受牠最喜歡的位置。

「妳做到了。」托比輕聲說。「我不知道妳怎麼做的，不過妳做到了。」

「我們兩個做到了，你做的比我還多。」

他看著我一會兒，然後問了一個出乎我意料之外的問題。「妳有沒有曾經覺得想要跟某個人交換人生，即使只有一天或一個小時，只是想知道，即使只有片刻也好，身為他們是什麼感受？」

我笑起來，因為雖然時間並不長，但是他已經這麼瞭解我了。

「我以前常常這樣，我以前看著電視上的女演員，會想像鑽進她們的身體裡，體驗一下做演員的滋味。你呢？」

「喔，有很多。」他說。他的眼睛裡透露著一種迷濛的神情讓我看不出來他在想什麼。「現在我在想像如果我是毛頭會是什麼感覺。」

「害怕吧，我猜。」

「噢，是啊，這個世界會顯得非常可怕，可是，妳不覺得牠也會很興奮嗎？牠經歷了很多變化，如今在牠面前有很多很棒的可能性。牠可以去

任何牠想去的地方。」

「沒錯。」我同意。而那樣的思考方式使我理解到，托比說的話對我而言也是真的，感覺就像毛頭和我其實是互相幫助。

我們準備離開時，我注意到毛頭藏身的矮樹叢裡的樹枝間夾著一些羽毛。我小心翼翼的拿了幾根最漂亮的，放進我的口袋裡。我很訝異它們在我手裡感覺起來比我想像的更堅硬、更結實，雖然羽毛的邊緣仍有一點點毛絨絨的。再過不久，牠的羽毛就可以承受身體的重量，牠就能飛了。

我留下一根羽毛給我自己，其他的都要送給一個人，我知道有一個人可以用得上毛頭的力量。

第十六章

我們回到托比的家，他給我看一大堆自從發現毛頭後整理出來的研究資料。

「所有相關的事實都在這裡，包括我之前測驗妳的那些知識。」

「是啊，這些說明了你是如何成為天鵝怪咖的。」

我第一次看見毛頭頭上的那一小撮絨毛，好像是很久很久以前的事，現在想起來恍若隔世。牠現在看起來一點也不像那個過去的牠，牠現在比較強壯，也更優雅，而牠身上的絨毛開始漸漸消失了。

我坐在桌旁翻閱那些資料。托比保留了許多東西，有小房子的草圖、釣魚竿的操作說明和許多照片。照片裡有毛頭、我和麥羅在河邊尋找毛頭、還有為毛頭蓋的那棟美妙的、剛漆好的小房子。

托比在我的對面，隔著桌子看著我說：「輪到妳告訴我了——妳記得妳說要告訴我的嗎？」

我們兩個人都很清楚他在說什麼，我的胃底發寒，可是我看見他的微笑，我不知為什麼就改變了。

話脫口而出，我開始從頭說起。我告訴他我的惡夢，黑影人和色彩小偷，還有顏色如何每天接續消失，卻只有我看得出來。

他很注意聽，他的前額因為專注而皺起眉頭。我愈說愈多，我的故事也進行得愈來愈快，成串的話像源源不絕的河水從口裡宣洩出來。

我很肯定他不會相信，預期著他隨時會爆笑出來。可是他沒有，我繼續說。

「……昨天晚上，昨天晚上我夢到他終於贏了。我拼命抵抗他，可是我沒有力氣了。他對我大叫要我放手。我醒過來，看我的壁畫，我看見麥羅的項圈不再是紅色的，我知道那是真的發生了。」

「而妳沒有告訴任何人？為什麼？」

「我覺得沒有人會相信。我爸到我的房間來看見了壁畫，並沒有看出什麼。它在我的腦袋裡，托比，它只在我愚蠢的腦袋裡。」

我很驚訝聽到自己的語調那麼平靜，而我的身體裡面好像有什麼要從我的胸口爆炸開來。

「可是妳不能告訴妳爸爸嗎？或妳姑姑？」

「他們有很多更大的事要擔心。」我說。

「伊莎，這是大事，」他對我說，「這是很大的事。很重大。」

「你不會告訴他們吧，好嗎？」我可以想像得到琳恩姑姑臉上的表情——包含著不耐煩、困惑和憂慮。她不能做什麼，當然，沒有任何人能做什麼。

「不會，當然不會。妳不希望我說我就不會說，可是我會想辦法幫助妳，我們不能任憑妳這樣下去。」

他伸出他的手，我拉住他，站起來。

那天晚上，我第一次在夢裡見到她。沒有插管，沒有嗶嗶響的心臟監測器。她站在我的房間裡，她的眼睛因為專注而瞇起來，她在為下一幅圖像勾勒輪廓線條。我想要伸手摸她，可是她又離我太遠了。

她穿著最喜歡的淡藍色工作服，她的頭髮胡亂的紮成馬尾，並沾染了一點一點的顏料。麥羅在她的腳邊轉圈圈，撞倒顏料瓶，顏料灑在仔細鋪於地板的紙張上。她叫牠走開，但不是認真的。她並不在意牠在那裡，並不真的在意。

「把我塗上顏色！」我說。她拿起一枝畫筆，沾了一點黃色顏料，點在我的鼻尖上。

「妳知道我會啊，等我做完這個。」

我盡量一動也不動，讓她畫我的肖像，可是我太累了，我的頭一直垂下來。如果我可以一直保持清醒就好了，如果我可以驅逐睡意，或許她就……

「伊莎！伊莎！」急切的呼喚在靜夜迴盪，接著是敲擊玻璃的聲音。

我的腦子茫茫然的，好一會兒才辨識出聽到的聲音是真實的。我不想離開夢境……我還沒準備好。

可是叫聲沒有停止。我從床上坐起來，揉揉眼睛，然後才明白聲音是從外面傳來的。我慢條斯里的從被子底下出來，鬧鐘上的數字發光顯示——4：26 a.m.。

在街燈的微光下，托比在院子裡抬頭看著我。他的手裡握著一些小石頭，他用另一隻手示意要我下去。

我匆忙拿了一件毛衣套在睡衣上後，躡手躡腳的下樓，注意不要吵醒琳恩姑姑，而爸爸房裡傳出規律的鼾聲使我放心不少。麥羅在慣常的地點，絲毫不受干擾。我的腳快速的伸進球鞋裡，手指則在大門旁的盤子裡摸索一串鑰匙，找到了！我悄悄走進黑夜裡。

托比把一根手指按在嘴脣上，我跟在他後面，他的輪椅微微嘎嘎作響，我們一路走出去。

好像走在夢裡……我周圍的街道在朦朧中搖動，托比的輪子在黑暗裡顯得特別光亮，他的雙手以規律的節奏向前推進。

直到我們安全的走到通往河邊的巷道時，他才小聲的對我說：「我覺得我想明白了，伊莎！」

「什麼？」

「我想了一整晚，我睡不著。那個色彩小偷對妳大吼，叫妳放手，是不是？」

「是……」

「他有說他要妳放掉什麼嗎？」

「反正是我抓著的東西吧，我不知道。」

「那就對了。」托比勝利的說。「妳一直抓著它不放，抓著那可怕的一天不放。」

「我不明白。」我說。我在發抖。

托比有部分的身影被隔壁鄰居的車庫遮住了，他的臉宛如被銀色的光切成兩半。

「妳得放掉它，妳一直把它藏在心裡，緊抓著不放，妳現在必須放手了。」

「我做不到，托比。」我很想爬回溫暖又安全的被窩裡，可是我的身體像凍結似的僵住動不了。

「妳做得到。」他堅持。「我知道妳可以。」

開始下雨了。綿綿細雨使我滾燙的臉冷卻下來。

「拜託，」他握住我的手，輕輕把我拉往河邊的方向。「拜託妳試試看。我們到廂型車裡去。」

巨大的黑暗吞噬了一切，根本無法分辨哪裡是泥巴、哪裡是河流。

「我應該帶手電筒，」托比說，「我離開的時候太匆促，就忘了。」

我們在黑暗裡緩緩移動，謹慎的不要走到水裡去。我扶著輪椅的把手，比較像是在穩住我自己的平衡而不是為了他。托比的手規律的拍在輪子上，我同時聽見翅膀振動的聲音，讓我想起了毛頭的羽毛。我知道在這深夜裡的某個地方，牠的媽媽保護著孩子們不受任何侵入者的傷害。她的存在使我感到安心。

「托比，我們改天再來吧，」我小聲說，「我現在做不到。我不想……」

可是他已經推著輪椅一直去到廂型車的後方，示意我幫助他離開他的輪椅。

我們剛進入車子裡，烏雲散開，嘩啦嘩拉的降下傾盆大雨。我們各自背靠著車身面對面坐著，我們的腳互相碰到對方。

「妳不會很喜歡黑夜嗎？」他小聲說。「一切看起來都不大一樣，比白天更真實。讓人感覺好像有重要的事情發生了，在這沉睡的世界裡。」是真的，黑夜有一種神奇的魅力，時間彷彿在黑夜裡暫時凝結；不以平常的速度流逝。廂型車裡充滿令人放鬆的寧靜。

可是我想到即將要做的事情就緊張起來。蜘蛛驚醒了，牠們開始在我體內爬動，一直往上爬，爬向我心裡那一個小盒子；儲藏記憶的盒子裡裝著那一天。

「那是很可怕的事，可是妳非做不可。」托比說，他猜中我的心事。「我做過了，伊莎，而且我覺得我比妳膽小好幾倍。」

「別說了。」我開口道。我知道我想告訴他什麼，就在我的腦子裡，隨時要跑出來。我想說他是我見過最勇敢的人，說他很了不起的面對一個不是為了像他這樣的人而設計的世界，說他是第一個理解我的感受的

人……可是我很驚訝自己說出了完全不同的句子。

「那天是放暑假之前最後一天上課。我們那陣子在裝潢臥房，整個房子裡都是油漆的氣味。我希望我的房間是明亮的黃色，因為這樣一整年都會讓我想到夏天，我放學回家發現媽媽拿著黃色顏料灑得到處都是。她堅持要自己做所有的設計，她不只是油漆牆壁而已。她是一個真正的藝術家，我還沒出生以前她就有一個很棒的想法，要在我的房間畫一幅壁畫，畫我的人生裡重要的事情。等我長大到可以理解的時候，她告訴我『這壁畫可以隨著妳長大一直添加』。第一幅畫是我出生那一天，我們三個人在醫院裡。我是一個巨嬰，體積最大的嬰兒，而且有很多頭髮。媽媽畫了我們三個人，每一筆一畫都很仔細，所以看起來很真實。還可以看到背景裡有護士和其他哭哭啼啼的小嬰兒。下一幅畫是我三歲的時候，我決定要自己剪頭髮。我坐在草地上，頭上有好幾撮很滑稽的、尖尖的頭髮。」

「就像毛頭嗎？」托比問。

「差不多吧，是的。然後是我第一天上學背著一個大大的後背包，然後就一幅接一幅，直到，那一天。」

「她要我擺姿勢讓她畫，可是我在趕時間。按照我們預定的計畫，她應該要載我去音樂會，並且在半路上去接露露，所以我得趕快換衣服並且整理要帶的東西。我很氣媽媽，因為她還沒準備晚餐，而且也沒有燙好我唯一一件好看的藍色洋裝。她還一直跟李亞老師講電話講了好久，他們兩個分享同一間藝術工作室。我想要……」

「妳想要？」

「我想要她像露露的媽媽一樣。雪莉總是會為露露花很多錢，並且帶我們兩個去好玩的地方——看電影、玩遊樂園，逛街買東西。可是我媽……有點瘋瘋顛顛又雜亂無章。她在特殊兒童的學校裡做助理教師的工作，總

是穿著鬆垮垮的上衣和牛仔褲。而那一天，她沒有準備晚餐，決定我們就吃蛋和薯條。然後她進到廚房，突然拿出那個傻兮兮的模型，把煎蛋弄成大象的形狀，她以為那會逗我發笑。那是她的一個學生給她的。可是我當時沒時間也沒心情，因為我沒衣服可穿而且我很氣她。等到我們吃完並且準備好出門，時間已經很遲了。」

我幾乎認不出我自己的聲音，整個人在沉默的廂型車裡顫抖不已。

「然後呢？」

「我們上車了。那輛車以前是我爺爺的，我很喜歡。座椅是褐色而且聞起來有皮革的味道，很深也很有彈性。爸爸總是很自豪的說那輛車是臺真正的經典，它讓我覺得自己像一個貴婦要被載回鄉間的豪宅。可是那一天，我只是很怕我會錯過音樂會。」

「我一直要求媽媽走捷徑，開快一點。她選了一條比較快的路線，會經過加油站。我們差不多到了露露家附近。我正在照鏡子塗脣蜜，我的眼角瞄到跟我們交叉的道路上有一輛紫色的汽車飛快的衝過來。我以為媽媽也看到了，可是她沒有。紅綠燈閃著橘黃色，還沒有變成綠色。媽媽看到隔壁車道的車起動了，她就踩下油門。」

我吐了一口氣。我突然意識到自己講話的速度有多麼快，我的口很乾，但講到這裡我已經停不下來了。

「接著我就看到右方有紫色飛過來，並感覺到強烈的撞擊。一切都發生在幾秒鐘之內。我轉身看見媽媽的臉，臉上充滿絕望、可怕的驚恐。然後，一切都變成黑色。」

第十七章

「可是那天並沒有在一切都變成黑色時就結束了，對嗎？」

「沒有，沒有，事實上沒有……雖然我真的，真的很希望就結束了。我只昏過去大概最多一分鐘，然後就醒來了，我仍然坐在我的座位上。起初一切都很詭異的安靜，接著突然就出現好多聲音鋪天蓋地而來——警察和救護車的警笛聲，很多人在叫喊，許多汽車緩慢的經過。到處都是煙霧、閃光燈、可怕的石油和橡膠的氣味使我暈眩想吐。

我知道發生了很糟的事，可是我猶豫著，然後我轉頭往右邊看。她在那裡，她的頭趴在方向盤上，她的頭髮全散開來。她蒼白的左手臂上有一點一點黃色顏料的痕跡。

可是她右邊的車門不見了，剩下的一切都是紅色的。好多好多紅色，而且很可怕的向四周蔓延，使我不敢再看下去。

我坐在那裡盯著她左手肘內一個小黃點。我想我是半昏迷狀態，就在那時候有一個黑影人過來想把我帶走，可是我不想離開媽媽。我的四肢感覺像鉛塊那麼重。我無法停止他的吼聲，無法停止紅色繼續蔓延，我無法幫助她──我無法幫助我媽媽。」

「妳們去了醫院？」托比問。

「對，不過我沒有受什麼傷，除了脖子後面覺得很痠痛。他們說因為我坐在『好的這一邊』。我想意思就是那輛紫色汽車沒有直接撞到的這一邊。媽媽在壞的那一邊。他們說撞擊的力道那麼大又發生得那麼快，所以她應該沒有感覺到任何痛苦。我再看到她的時候，她的身上已經沒有紅色了，臉上的驚恐也消失了。她躺在那裡，全是白色的，很平靜。她的頭受傷很嚴重，醫生決定保持她昏迷的狀態，不過她還有心跳。醫生說他們需要等她的腦子消腫，但他們不曉得要等到什麼時候……他們不曉得她到底會不會好起來。是我的錯！都是我的錯！我像個笨蛋一樣坐在那裡握著她的手……可是我哭不出來。那是世界上最最糟透了的感覺，而我卻哭不出來。」

「直到現在……」托比說。

他說對了。自從車禍發生以來，第一次，我的眼淚流個不停，經過鼻子兩側滑下來，滙成一片淚海。眼淚流得太快了，我幾乎來不及用手擦掉。我的視線變得很模糊，一直流鼻涕，我的身體上上下下的抽搐起伏。我啜泣著，啜泣著，為了無助的躺著不動的媽媽，為了爸爸和他那雙疲憊的眼睛，為了琳恩姑姑，為了托比和他那盒寶物，為了一去不返的從前，為了每一個消失的顏色。然後，我允許自己，只有一丁點，為我自己哭泣。

「為什麼現在可以？」托比問。

「我……我不知道。」

「因為妳放手了。沒有人知道事情的全部，直到現在，而妳一直不敢告訴別人。」

「因為那是我的錯。」

「那不是妳的錯。」

「就是。假如我沒有要她載我去那個愚蠢討厭的音樂會，就不會發生這種事情。我一直催她快一點……我那一天還很生氣的責怪她沒有熨燙我的洋裝！沒有及時準備晚餐！」

「不是妳害她發生車禍的，伊莎。妳沒有叫她去做危險的事情。」

「可是如果不是因為我，她就不會在那裡！」

「當然，」他說，「每一件事都跟另一件事連在一起。如果不是因為妳媽媽，妳現在不會跟我坐在這裡。可是，並不表示那是妳的錯，伊莎。如果不是因為小柴，我可能不會上到車庫的屋頂，可是我從來都不認為那個意外是他的錯。」

「你不認為嗎？」

「不。就像妳認為是妳的錯一樣，那只是妳認為，那不是事實。妳有妳自己對『最黑暗的一天』的看法……總之，色彩小偷第一次出現在妳的惡夢裡是什麼時候？那天發生了什麼事嗎？」

我很認真的想了想。

「我在學校最要好的朋友，露露，對我的態度變得很奇怪，」我開始說，然後我意識到那不符合事實，那是做惡夢以後發生的事。做惡夢的前一天，我去醫院看媽媽，是意外發生之後我第一次去看她。我沒有走進病房，我只是隔著玻璃窗看她。現在回想起來，我記得那是我第一次很清楚的允許我自己明白她可能永遠不會回家了，而我知道那全是因為我的錯。我沒有早一點去探望她，因為我不想面對那個想法。

「你不在那裡，托比……我當時應該可以做些什麼的！我如果反應快一點就好了！」

「我知道我不在那裡。除了妳和妳媽，沒有人在那裡。那並不表示……」

我沒有聽到他後面說什麼，因為突然有一個意念打中我。托比說錯了，當時還有另外一個人，另外一個人在現場，那個人看到了事情真正發生的經過──是雪莉！

清晨的曙光出現在天空，我知道我該做什麼。

「跟我來，」我對托比說，「我想要你陪我去見一個人。」

露露的爸爸穿著睡衣前來開門，神色慌張的樣子。

「什麼事？喔，是妳，伊莎。發生什麼事嗎？妳還好嗎？」

「好，很好，」我迫不及待的問，「雪莉在嗎？」

「在，當然在。我去叫她。露露沒事吧？」

「什麼？她不在家嗎？」我急急忙忙的趕來他們家，甚至沒考慮到萬一面對露露的時候會怎麼樣。

「她去朋友家過夜了。」

幸好，就在這時，雪莉出現在他後面。

「伊莎，妳在這裡做什麼？現在幾點？」她茫然的問。

「差不多快六點半。」托比看著手錶，回答她。我完全沒想到現在還這麼早，我覺得很不好意思在這麼荒謬的時間來這裡。可是既然已經來了，突然走掉就更不好了吧。

「我……我想問妳一件事。」我對她說。「我可以進去嗎？還有……這是我的朋友托比。他可以一起進去嗎？」

我們三個人坐在廚房裡的桌子旁邊，我們的手裡都捧著一杯散發著蒸氣的熱茶。露露的爸爸上樓去了，因為我已經向他說明他的女兒很安全，而且跟我這麼早來拜訪一點關係也沒有。回到這個房子感覺有點奇怪，什麼都沒變，就連露露翻倒巧克力醬的瓶子，使得醬汁灑到窗簾上留下的痕跡都還在，我們那時是在為除夕做巧克力蛋糕，感覺像是很久很久以前的事了。

「很高興認識你。」雪莉對托比說。「你跟露露和伊莎同班嗎？」

「還不是，不過我希望明年或許就是了。」

「好的……那你們來有什麼事？」

「是關於那場意外。」我看著格紋圖案的桌布對她說。「我想知道當時的情形。」

雪莉靜默了一會兒。

「哪一個部分，伊莎？妳當然可以知道……」

「妳可以告訴我妳看到什麼嗎？」

「當然可以，不過我不曉得那會有什麼幫助……」她說，「讓妳聽那麼可怕的事情，我不……」

「會有幫助的，」托比告訴她，「真的會。」

「為什麼？」

「因為……」

「不要，什麼都不要說。」我懇求他。「讓雪莉說。」

她閉上眼睛，我假設那是在不情願的情況下，預備即將再次經歷那個可怕的時刻。時間一分一秒靜靜的過去，我開始懷疑或許這其實是個很糟的主意。我的椅子磨擦了一下廚房的地板，雪莉的眼皮動了動然後睜開。

「好，我告訴妳。」她說，示意我再坐下來。

「妳媽媽打電話來說妳們有事耽擱了，不過她說她可以載妳們到會場，省得我跑一趟。我那天要去看露露的奶奶，因為她被送進醫院了。於是露露在我們家等妳們，我就出門去了。我到了路口，就看見意外發生了。妳們跟著交通號誌燈前進到十字路口，一輛紫色轎車從右方衝過來。就發生在一瞬間。」

「變綠燈了嗎？」

「什麼？」

「媽媽是不是闖紅燈？」

「什麼？沒有，她當然沒有。」

我注視著她，極力想看清楚她是不是在說謊，想要保護我，所以不讓我知道真相。

「我不記得有看到它變成綠燈。」我對她說。

「哎，伊莎，妳怎麼能期望會記得這種事情？」

「可是妳沒有任何證據能證明我沒有叫我媽闖紅燈啊？」

「證據？妳在說什麼？妳們不是第一輛車啊，伊莎。有一輛車在妳們的前面。我記得很清楚，妳們的前面是一輛紅色的迷你車，它千鈞一髮的躲過那場災難。所以那證明妳們不可能闖紅燈。那輛紅色迷你車的駕駛受到很大的驚嚇，不過沒有我那麼嚴重。是他打電話叫救護車和消防隊的，我完全沒辦法。」

我注意到桌子的邊緣有一小灘水，才意識到我又哭了。解脫的淚水從我內心深處不停的湧出來，比我探索過的任何地方還要深。雪莉靠過來緊緊擁抱我。

「繼續說，拜託妳繼續說。」我求她。

「沒有什麼可說的了，伊莎，」她對我說，「車子在冒煙，非常的燙，我不敢再靠近。救護人員很快就到了，他們救妳出來的時候遇到了一點困難。其中有一個人必須割斷妳的安全帶，然後把妳舉起來……」

「綠色，他穿的是綠色。」

「是嗎？是的，他們的制服是深綠色的，沒錯吧？一個很友善的年輕人。他把妳放在擔架上，幫妳戴上氧氣面罩……」

「色彩小偷！」我打斷她。「他就是色彩小偷！」

「什麼？」

這時，我的惡夢裡那些零亂的影像自動重新排列組合，變成我終於能理解的連續事件。那個人想要把我從冒煙的車子裡拉出來，並且極力阻止我去看媽媽發生什麼事，而她在駕駛座上，當然是在我的右邊。「不要往右看！」他重複說了好多遍。他一定費了很大的工夫才把我救出來，等到他終於成功時，我已經吸進了許多煙，所以需要氧氣面罩，然後他把我綁在擔架上，舉起來，抬進救護車裡。

「原來是救護人員。」托比不敢置信的小聲說。「他想要幫助妳，保護妳的安全。」

「我知道……而我以為他在做相反的事，以為他想要傷害我，要偷走那些顏色……」

「妳還好嗎，伊莎？」雪莉問，完全不明白我們在說什麼。

「我很好。」我輕輕對她說。「謝謝妳，真的非常謝謝妳。」

第十八章

「妳看起來不大一樣。」法蘭克說。

「我嗎？怎麼說？」那天是好幾個星期以來第一次，我很愉快的走去學校。我走得很慢，享受清澈的藍天，和最後一批黃色、紅色和橘紅色的落葉。它們呼應壁畫裡的色彩，那些色彩現在已經回來了。我們從雪莉家回來，我直接跑上樓回到我的房間裡檢視壁畫，那些顏色都在那裡，看起來完全就是色彩小偷出現以前的樣子，而我現在已經知道其實根本沒有色彩小偷。

「不曉得，」他說，「反正就是不一樣。意思是比較好。」他的臉浮現深紅色，他把頭鑽到桌子底下假裝在地上撿什麼東西。寇梅克・葛里飛和他的同伴如果現在看到法蘭克一定會大樂。

他重新坐好，說道：「結果出來了，妳知道嗎？正式公布了。」

「公布什麼？」

「角色名單就貼在教師辦公室的門上。最重要的新聞，當然是，我是首席燈光師。我會坐在大會堂後方的控制室裡——妳知道的，就是有很多閃光的按鈕那裡。我可以把大聚光燈轉來轉去，說不定還可以讓它掉在我不喜歡的傢伙頭上。如果妳有任何名單，儘管交給我。」

我翻了翻白眼。

「我開玩笑的啦。我是首席燈光師沒錯，不過那不是最重要的新聞。最重要的新聞是，妳是馬克白夫人。」

「什麼？真的嗎？」我幾乎想擁抱他。

「是的。」

我不敢相信溫奇老師還是決定把這個角色給我，在經過那些事以後。

那天從一個美好的早晨開始，愈來愈順利。哈普在下課時間來找我，她說：「那天對不起。我很蠢，我不知道自己在說什麼。我不認為妳是危險的。妳只是生氣了而已，而且妳有權利生氣的。那是妳跑掉的原因嗎？因為我們說的話？」她問我，眼睛看著地板。

「只是一小部分。不用在意了。」我告訴她。

顯然許多人也看到角色名單了，因為有好幾個人來恭喜我，包括夢娜，她要演麥克德夫的妻子。

潔米瑪獲得送信使者的角色，而露露被分派到搭建場景那一組。

我看到她在教室的角落裡發脾氣，可是我已經不在乎了。

上美術課的時候，李亞老師也恭喜我。

「我看到那個好消息了。」他走過來說。我們正在完成那個詮釋夢境的作業。今天，我的圖畫裡的黑影人看起來比較沒有那麼瘋狂了。

「妳媽媽會很以妳為榮。」李亞老師說。「我相信她會想要好好慶祝一番。」

他的話給了我一個靈感。

「我可以借一些顏料嗎？」我問他。

「當然可以，妳知道它們放在哪裡。」他說，他的手指向櫃子。

「謝謝你。」

「還有，伊莎……」

「是。」

「看見妳的笑容真好。」

那天放學以後，我背著一袋壓克力顏料跑回家，把它們全堆在房間的地板上。我最先拿起白色和黃色的，將我畫「最黑暗的一天」時創造出的黑色風暴淡化一些。

接著，在那幅畫旁邊的空白處，我開始畫最新的景象。

我畫河岸邊四周都是褐色泥巴，然後是翠綠的河邊植物，還有灰色的麥羅在岸邊奔跑。接著是托比，忙著把食物勾在釣魚竿的尾端。他的眼鏡，像平常一樣，滑下來掛在鼻梁上。我坐在他旁邊，捲起褲管並光著腳，準備要涉水去餵毛頭。牠安歇在新家的陽臺上，牠的羽毛在風裡振動。

在這幅圖的旁邊，我留下特別的空位，以便隨時再畫。

我檢視我的藝術作品，它當然夠不上媽媽的水準，不過我想她還是會喜歡的。

我正在為毛頭的翅膀做最後的修飾時，門鈴響了。

托比坐在門外，臉上露出大大的笑容。

「她錄取了！」他一見到我就大喊。「她錄取了！」

「太棒了！意思是你們一定會住在這裡了？」

「是。媽媽已經決定，她會用第一個月的薪水來整修房子。先從她的房間開始，然後我的。我已經幫妳報名來做義工了！希望沒問題。」

「我很樂意！」

不過，當然，我們要先去河邊探望我們最喜歡的羽毛朋友。

「我今天早上看過牠了。」托比說。然後他突然閉緊嘴巴，好像想起來他不應該向我洩露什麼事情。

週末帶來了一波寒流，我們腳下的許多泥巴已經開始結冰了。

我的目光來回巡視水面，沒有天鵝的蹤影。

「妳看，那邊。」托比急切的說，指向毛頭的房子。我悄悄走近一點，看了一會兒就笑出來了。

因為毛頭就坐在牠的房子裡，嘴巴正在啄著似乎很美味的食物。牠的兩個哥哥姊姊想要闖進牠的家去搶牠的食物，可是我們的英雄毫不畏縮。牠用翅膀趕走牠們，經過短暫的混戰，我很驚喜的看見，牠們敗下陣來離開了。

「牠從哪裡拿到食物？」我問托比，我企圖看清楚毛頭在吃什麼但沒有成功。

「我不知道。」托比聳聳肩。「不是我給的，而天鵝媽媽也沒有在附近。這表示一件事，牠想辦法自己找到食物了。」

「毛頭，你做到了！」

「沒錯，我們有事實證明。」

「牠沒問題的，是不是？」

「當然，我告訴過妳，不是嗎？牠只是需要一點幫助。」

《馬克白》預定在聖誕節前，也就是這學期的最後一週公演。戲劇是米爾頓中學的特色，別的學校會演聖誕劇或辦聖誕音樂會，而我們演莎士比亞，我很慶幸這一點。在演出前一個月幾乎每天放學以後都要排練，而我幾乎每一場都要到。

我所有剩餘的時間都在幫托比重整他的房間。安娜和我拆掉他的舊床，換了一張新的，比較小，讓他比較容易上去和下來。然後，我們搬走舊的鍋爐櫃，放進一張新桌子，方便他做任何事情，無論是寫作業或做木工。

我要離開他家時注意到走廊盡頭堆了一些東西，其中有一個盒子，是準備要放進他的房間裡的。盒子裡有一些油漆刷子，安娜的新餐廳「巴蒂塔」的菜單，蓋毛頭的房子剩下的木片，還有我在餵毛頭吃東西的照片。

盒子的外面標示：「之後」。

後來，我去看媽媽。她仍然躺在同一張床上，像是以前的她的影子。幾天前醫生告訴爸爸，她腦子腫起來的地方消了很多，那是好的徵兆。還不知道她什麼時候可以醒來，不過真的可以希望有那麼一天。

她的病房看起來沒有那麼可怕了，我幾乎聽不見心臟監測器的嗶嗶聲。

我不久前帶了毛頭的羽毛給她，我把羽毛纏繞在她的手指間讓她同時感受它的強壯和柔軟，我也插了一些在她床邊的小瓶子裡。

「人們可能會認為妳很軟弱，」我大聲說，「或以為妳做不到……可是妳其實比妳想的更堅強，有時候妳只是需要一點幫助。這是毛頭的羽毛，牠已經證明了我說的是真的。我想你們兩個都會喜歡對方的。」

說著說著，我的腦子裡浮現一個畫面，我跟媽媽一起走去河邊，我向她介紹毛頭。我們會去那裡的，就像牠會張開牠的翅膀，那對翅膀現在已經幾乎全是白色的了。或許牠一開始只會飛很短的距離，沒有什麼事情第一次做就覺得很容易的，不過牠會試了一次又一次，每一次牠都會飛得更高一點。

今天我告訴媽媽我有多麼興奮和害怕要演馬克白夫人，我緊緊握住她的手，就像以前我每次上臺前那樣。雖然現在她不能回應我，我卻彷彿聽見她說，就像她每次都說：「妳要小心保護妳的聽力喔，一定會有很多很多掌聲的。」在我內心深處，我知道她說的對，我不需要害怕任何事情。

第十九章

戲劇開演那一天晚上，我在布幕後面等待，跟法蘭克站在一起。他到後臺來了，但他其實應該在燈光控制室裡。

「我打賭妳現在快嚇呆了。」他說。

「法蘭克，閉嘴。」

「我這麼說是因為我知道妳一定會表現得很好。」

「我排練得不夠。萬一我忘了走位，甚至更糟，忘了我的臺詞怎麼辦？」

「妳沒問題。只要記得『洗掉！洗掉這該死的血跡』時要說兩次『洗掉』，那是星期五彩排時唯一出錯的地方。除了那個以外，妳全都記得很熟了。」

上一個星期，法蘭克每天放學以後都留下來陪我練習，指導我每一幕該站在哪裡，測試我的臺詞。如果沒有他的幫助，我不可能及時完成所有的準備。

「去吧，該妳上臺了，該妳上臺了！」他說，示意我向前走。

發生得好快。我只走了兩步，燈光立刻照在我身上，而我此刻毫不懷疑我可以做到。我不再覺得自己蒼白或灰暗了，我覺得充滿色彩，鮮活繽紛的色彩，我想要做到，為了媽媽。即使戲服的馬甲勒得很緊，即使我的額頭上有汗珠，都沒有關係，因為所有的話都自然的說出來了，就像理所當然。我從容的在臺上走動，記得每一句臺詞。只有一件事不一樣了——

我仍然可以想像馬克白夫人的罪惡感，我很久以來深深瞭解的感受，可是我現在知道我一點也不像她。她故意去傷害別人，那不是我。

最後一幕戲的尾聲，我隱約意識到有歡呼聲，可是那時還沒有完全結束。直到謝幕時，我才容許自己恢復正常呼吸，並且看向觀眾。我努力尋找那些非常重要的觀賞者，我的目光來回巡視一排又一排的座位。他們都在那裡，在前面幾排，在「士官長」的正後方。「士官長」迎向我的目光，並對我比起大拇指；她穿著輕鬆的便服，沒有那身「軍服」的她看起來比較沒有那麼可怕。托比吹著口哨，瘋狂的拍手；他的旁邊是安娜，琳恩姑姑和湯姆姑丈，他們都洋溢著自豪的光彩。

托比的另一邊是爸爸，他站起來鼓掌。他看著我，我們的眼神交會，然後他眨眨眼。

結束以後，他在演員休息室的門外等我，而夢娜和哈普正在協助我脫下馬甲。

「妳比我預期的更彩色了！」他說，而我在他的眼裡看見真正的笑意。

「連露露也這麼說。」

「露露有來看？」

「有啊，她跟她的媽媽就坐在我們後面幾排。妳有沒有看到賽門也來了，跟他的妻子一起？他說妳是他見過演得最棒的馬克白夫人。」

爸爸已經回去工作一個星期了，一切都很順利。「大象專案」預計在春天去肯亞拜訪一個新設的大象保護區，前去考察該如何提供支援。

爸爸在我的耳邊小聲說，「妳知道她一向都非常的以妳為榮吧？她一定會很喜歡今天的演出。」

我的心跳加快了一會兒，不過我握緊他的手並點點頭，因為我知道那是真的。而且，關於掌聲，她說對了，那是我聽過最大聲的。我明天會再去看媽媽，告訴她每一件事，而且我知道，不知為什麼我就是知道，她會好起來的。她只是需要一點幫助。

我們離開的時候，有一群同學包圍著我們，搶著向我道賀。還有溫奇老師，他跟我握手並告訴我：「我已經想好一個很棒的角色給妳演了，為明年的演出！」

然後琳恩姑姑過來擁抱我。

「我沒有字眼可以形容妳演得有多好。」她說。她用手擦了一下左眼，睫毛膏在眼周糊成一片。「我會想念妳。」

「什麼意思？」

「嗯，我想妳跟妳爸現在沒有我也可以過得很好了，你們沒問題的。而且妳知道妳需要我的時候，隨時可以打電話給我，我立刻就來，任何時候。」

「是，我知道。謝謝妳來陪我們，」我說，「對我們的幫助很大。」

我對她微笑，因為我曉得那是千真萬確的。

「我真高興聽見妳這樣說。妳知道嗎？其實我們幾個星期以後就又要見面啦，因為我們都會來你們家過聖誕節。」

「你們來這裡？太好了。」

「是，如果妳不介意的話。我也想要邀請托比和安娜，因為安娜提到他們不會照原本的計畫回北部去了。」

我一直不敢想聖誕節。我當然知道它就快到了，可是我就是不能想像媽媽在醫院裡過聖誕節。我們四個總是在一起——我、媽媽、爸爸和麥羅。

托比在停車場的一個角落等我，麥羅在他的腿上睡著了。

「我最好開始習慣這個地方，」他說。「下學期我會常常在這裡。」

「你要入學了？」我覺得胃裡好像在放鞭炮，我無法相信他等了這麼久才告訴我。

「你們學校通過了所有無障礙斜坡和通道的檢驗，所以我一月就要來上課了。」

「天啊！」

「妳想他們會讓我們坐在一起嗎？」

我本來要說會，可是我想起了我還有一位非常忠誠的桌友。

「好啊，不過我的隔壁現在是法蘭克……」

「啊，在燈光控制室的那個？」

「你認識他？」

「我們在戲演完以後聊了一會兒，他似乎不錯。我只是開玩笑，妳知道，我坐在哪裡都沒關係。到目前為止，我見到的每個人都很好。」

「他們的確是。」

而且我是說真的。唯一可能的例外是露露，可是很奇怪的是她現在已經不會干擾我了。舊的露露屬於「最黑暗的一天」之前的那個世界，或許有一天她會回來，不過現在，沒有她我也過得很好。

接下來的半個小時，我一直在跟來看演出的人擁抱和談話。在回家的路上，我跳著走在托比的身邊，仍然強烈感覺到勝利的滋味。爸爸、琳恩姑姑和安娜走在後面，離我們不遠。

很快的，笑聲和喧囂都漸漸遠去，我只聽見托比的輪子在人行道上轉動的聲音。我深深吸一口氣，品嘗十二月的夜晚散發冰涼的氣息。可能是我的想像，但我似乎聽見從河的方向隱約傳來了翅膀振動的聲音。我很好奇那是不是毛頭，正在向大家展示牠的力量。畢竟，我的幸運羽毛正是從那一雙翅膀而來。

致謝辭

非常感謝我奇妙的編輯菲歐娜．甘迺迪和宙斯出版社卓越的團隊促成這本書的誕生。並以同等感激之心謝謝我的經紀人凱特．賀頓，她很有耐心且一直鼓勵我，從一開始在這部作品還很不成熟的時候，就對它很有信心。

謝謝我的第一批讀者，蓋爾斯、迪普、蘇西、波比、貝詩、海倫娜、威爾和法蘭辛，還有給我支持和提供具建設性意見的創意寫作坊成員克提斯．布朗，以及每一位鼓勵我讓我可以堅持到最後完成書稿的人，特別是我的母親、艾嘉莎和蘇菲。

遲來的感謝獻給我在天上的父親，他啟發我從小對書的熱愛。我希望他會喜歡這本書。

這是一段漫長但令人興奮的旅程。

艾娃・約瑟夫科維奇

倫敦 二〇一八年一月

國家圖書館出版品預行編目資料

神祕色彩小偷/艾娃.約瑟夫科維奇(Ewa Jozefkowicz)著；柯倩華譯.
-- 初版. -- 臺北市：幼獅文化事業股份有限公司, 2022.07
面； 公分. -- (小說館；35)
譯自：The mystery of the colour thief

ISBN 978-986-449-267-1(平裝)

873.59 111008673

・小說館035・

神祕色彩小偷 The Mystery of the Colour Thief

作 者＝艾娃・約瑟夫科維奇Ewa Jozefkowicz
繪 者＝蘇菲・吉爾摩Sophie Gilmore
譯 者＝柯倩華
出 版 者＝幼獅文化事業股份有限公司
發 行 人＝李鍾桂
總 經 理＝王華金
總 編 輯＝林碧琪
主 編＝沈怡汝
編 輯＝白宜平
美術編輯＝李祥銘
總 公 司＝(10045)臺北市重慶南路1段66-1號3樓
電 話＝(02)2311-2832
傳 真＝(02)2311-5368
郵政劃撥＝00033368

印 刷＝祥新印刷股份有限公司
定 價＝340元
港 幣＝113元
初 版＝2022.07
書 號＝987257

幼獅樂讀網
http://www.youth.com.tw
幼獅購物網
http://shopping.youth.com.tw
e-mail:customer@youth.com.tw

行政院新聞局核准登記證局版臺業字第0143號